# 啄木鸟

金运明 著

山西出版传媒集团 北岳文艺出版社
BEIYUE LITERATURE & ART PUBLISHING HOUSE
·太原·

图书在版编目（CIP）数据

啄木鸟 / 金运明著 . — 太原 : 北岳文艺出版社 ,
2021.8

ISBN 978-7-5378-6413-8

Ⅰ. ①啄… Ⅱ. ①金… Ⅲ. ①长篇小说—中国—当代
Ⅳ. ① I247.5

中国版本图书馆 CIP 数据核字（2021）第 105937 号

书　　名：啄木鸟
著　　者：金运明
出 品 人：郭文礼
选题策划：赵　瑞
责任编辑：左树涛
封面设计：张洪海
印装监制：郭　勇

---

出版发行：山西出版传媒集团 · 北岳文艺出版社
地　　址：山西省太原市并州南路 57 号
邮　　编：030012
电　　话：0351-5628696（发行部）
　　　　　0351-5628688（总编室）
传　　真：0351-5628680
经 销 商：新华书店
印刷装订：山西新华印业有限公司

---

开　　本：787mm × 1092mm　　1/32
字　　数：175 千字
印　　张：7.5
版　　次：2021 年 8 月第 1 版
印　　次：2025 年 1 月山西第 2 次印刷
书　　号：ISBN 978-7-5378-6413-8
定　　价：39.80 元

伟大的中国共产党，从建党之初仅有50多名党员，经过100年的不断发展壮大，一举成为拥有9000多万名党员的世界第一大党，并带领中国人民站起来、富起来、强起来……

这其中最为重要的一点：就是中国共产党始终如一地坚持刀刃向内，始终如一地强化党风廉政建设，始终如一地强化党的纪律建设，从而有力地确保党的纯洁性、先进性，确保党的战斗力、凝聚力，确保党永葆政治本色。

# 一

江城市坐落在一块冲积平原上，新水江穿城而过，把整个城市一分为二，因而得名江城。

江城是一个有着几千年历史的文化古城。据史料记载，楚时就兴建了城池；盛唐时，因水运而十分繁荣；明清时，此地车船辐辏，是大宗商品的集散地。那时徽商、晋商……天下商人在此交易，并通过江城码头、新水江黄金水道，转运大江南北。据说，徽杭古道、茶马古道、丝绸之路上的不少茶叶、粮食、盐巴、丝绸、瓷器等货物，都是从此源源不断运出的。再加上沿江两岸土地肥沃，物产丰富，十分富饶，素有“天下粮仓”之称，中华人民共和国建立之初，堪称“小上海”。一进入21世纪，江城的建设和发展速度与深圳不分上下，高楼林立，一幢幢摩天大厦似雨后春笋，仿佛在一夜间拔地而起，挤满了沿江两岸。尤其是到夜色降临，整个城市灯火辉煌，其景色可与上海外滩、香港维多利亚港相媲美。

前些年，江城有一些文化名流还曾撰文称北宋大画家张择端的《清明上河图》，就是画的江城。尤其是《清明上河图》中的原野、河流、商廊、市招、舟车、摊铺、摆设，都像当年江城的繁荣景象。有的居然还拿出反映明清时江城码头、商铺、人物的绘画孤本，作为佐证。

当然，这只是江城的表象。更深入地看江城，在2000年前后，早已习惯于小富即安的江城，经济建设早已落伍，并在全省12个地市中处于“副班长”位置，下辖的3区4县经济总量不及省城一个“全国百强县”。这还不算，居然下辖的4县，还被列入国家级贫困县。

江城人这下彻底惊醒了，他们在市委、市政府的领导下，抢抓区域优势，不断加大招商引资力度，很快经济建设突飞猛进。到了2010年，全市GDP快速增长，增速高达7%，不仅赶超了省城，而且还一路遥遥领先，是全省其余11个地市GDP的总和。因而被经济界、学术界、实业界誉为“江城发展模式”。

江城一下成了全省的“明星”，市委书记张大山还把这一现象高度概括为“弯道超车”，并天天忙着向络绎不绝前来考察调研的省市领导隆重介绍他们是如何凸现区域优势抢抓发展机遇实现弯道超车的。对此，市委书记张大山不仅背得滚瓜烂熟，脱口即出，出口成章，而且每一次介绍时都自鸣得意，声情并茂，确实能打动人。

当然，也有不少人持反对意见，认为江城发展模式实质上，就是一种土地财政，泡沫很大，不可取！但这一声音，始终被一浪高过一浪的赞歌给淹没了。

就在人们还沉浸在高速发展带来的喜悦之中时，谁也没有想到的是一场“地震”已悄无声息地降临到江城的官场……

# 二

春节刚过的第一个工作日，一上班，江城市全体县处级领导干部和市直机关干部准时进入了市委小礼堂。

熟悉江城的人都知道，这是市委书记张大山的习惯动作和传统做法。他出任市委书记四年来，每年一到这个时候，他都要亲自主持召开这个会议。这个会议名为“廉政教育动员大会”，实为“收心会”。

七点五十九分，张大山穿着西装，系着一个浅蓝色领带，迈着矫健的步伐，领着常委们走向主席台……他往主席台中央一坐，用手指轻轻地敲了敲麦克风，取下手腕上的手表，往台前一放；随后端起茶杯，喝了一口水，调整一下坐姿对着麦克风，首先就是代表市委、市政府给大家拜个晚年！感谢去年一年大家对市委、市政府工作的支持，随后汇报通过大家的共同努力，取得令人瞩目的可喜成绩。接着，话锋一转，就滔滔不绝地做起了重要指示。他既反复强调了党风廉政建设的内涵、重大意义，又强调指出必须以零容忍的态度，抓好反腐败斗争……

会，整整开了两个小时。

张大山在常委们的簇拥下，在一阵热烈的掌声中走下主席台，刚走向会场前排，准备和前排就座的县区领导一一握手……

这时，会场突然出现四个不速之客。领头的中年男子，高高的个头，大步流星地走在前面……只见他“唰——”地伸出左手，以迅雷不及掩耳之势，挡住了市委书记张大山的去路，动作十分敏捷。几乎在这一瞬间，中等个头的中年男子已贴身靠近了张大山，随即小声在张大山耳边说了几句。顿时，张大山脸色铁青，面无表情，浑身有些颤抖……

就在参会人员还没明白是怎么一回事时，张大山已被这四个不速之客前后左右地夹在中间，迅速离开会场，消失在人们的视线中……

“想起来了！这四人好像是省纪委的！刚才拦住张书记的那个高个子，是省纪委第二纪检监察室主任，叫钱江。”

“王书记，你没看错吗？”

“没有！绝对没有！”说话的人，是市委常委、市纪委书记王鹏。

“省纪委二室，不是对口联系指导我们市的吗？”

“是呀！”

“那王书记，你知道省纪委找张书记会干啥？”

王书记直摇头，心里似乎明白些什么，又好像啥也不知道，样子怪怪的。

顿时，会场气氛一下紧张起来了。有不少人还傻坐在那儿一动不动，像还没缓过神来；也有不少三五成群的，在那儿交头接耳，议论着什么；而更多的是事不关己的样子，悄悄地离开会场。

## 三

当晚省纪委的网站发了一条爆炸性新闻——“江城市委书记张大山被双规”。这一新闻，很快就在全市、全省，乃至全国各大网站上刷了屏，成了热门话题。

张大山被从会场带走后不到一个月的时间里，先后有一名已退休三年的副市长、一个在职县长、两个执掌核心资源的权力部门局长被双规；大地开发集团董事长叶春光等三个企业老板被检察院批捕，锒铛入狱；接受专案组“走读式”谈话的人，就像走马灯似的换了一茬又一茬，这其中，有官员，也有商人……

“张大山在里面，啥都说了。就连平日里谁给他送过四五百元的购物卡，他都说了！”

“张大山，就是一个两面人。抓他那天，他还在台上，口口声声地给大家大讲廉洁，简直就是一个天大的笑话！就是一个讽刺！”

也有不少人为张大山被双规而感到惋惜和痛心，认为他给江城经济建设，尤其是市政建设，做出不少贡献。了解张大山的人都说他情商、智商都很高，是聪明反被聪明误。更多的人都说，是贪心害了他！他是什么钱都敢拿，谁给的钱都敢要，是一个地地道道大胆妄为的人。也有人说他，是一个占有欲特别强的人，只要是他看中的或喜欢的，他都会不择手段地占为己有。

有次，张大山到一家房地产企业去调研，在房地产大老板办公室的博古架上，看到一个据说是晋代皇家用的一把陶制尿壶，爱不释手，就伸手向人家要。没想到，那个老板一点不识趣，死活不愿意给，弄得张大山一点面子都没有。张大山十分恼怒，心想：在江城，老子天下第一！要，是看得起你！老子在江城就是跺一跺脚，地面也会晃一晃。没承想，今儿遇上一个不识抬举的人，自己在这儿却丢了面子。

打那以后，那位老板在江城“大发展、大建设”的热潮中，无论出高于别人多少倍的价，一块地也没拍到过，硬是被挤出了江城的房地产市场。事后，有人告诉那老板其中的奥秘，不是钱的事……

一个月后，张大山因严重违纪违法，被开除党籍、开除公职，并移送司法机关。这一腐败案并没因此画上句号，仍在不停地发酵……弄得江城官场与职场的上上下下人心惶惶。

顷刻间，昔日江城的官场，就像一个泄了气的皮球，怎么也拍不起来了。市领导班子成员最害怕的就是接到专案组的电话。一些市局的头头脑脑也最怕去省里开会，就是硬着头皮去了，也不敢抬头。个别几个县区领导成天像没睡醒似的，萎靡不振，一点儿精气神都没有了。更多掌握实权的局长，遇上问题也绕道走了；工作上缩手缩脚，不担当，不作为，成了家常便饭。一些机关干部上班“一支烟，一杯茶，一张报纸看半天”。

……

## 四

创业不易，败业易。江城在短短不到三个月的时间，经济一路下滑，仅上半年全市 GDP 一下就降到了全省 12 个地市排序的“副班长”位置。

为了迅速稳住江城发展步伐，省委及时出手，对江城市四大班子和相关县区领导班子进行了调整、补缺，说是交流，其实就是换血。市委，共有九名常委，除被移送司法机关处理的原市委书记，常委还有八位。市委领导班子是出二，进四，留五。市委原副书记、市长接任市委书记。进四中，有新交流来的市委副书记、代市长，常务副市长，组织部长。另外一个，是谁都意想不到，更不愿见到的那张最为熟悉的面孔，也就是那天，从会场上把张大山带走的那个中年男子。那个与江城打交道近十年的省纪委第二纪检监察室主任，兼张大山专案组组长的钱江。

不少人一开始看到这一熟悉的身影出现在主席台，都不敢相信新来的市委常委、纪委书记，会是他。当省委组织部长一宣布任命通知，大家这才相信自己的耳朵，没有听错，眼前的一切，都是真的。这时，会场有些骚动，有窃窃私语的，有忐忑不安的，也有悄悄溜出会场佯装上卫生间的……

是呀！这些年，钱江一直在省纪委二室工作，和江城打交道快有十年光景了。经钱江亲手处理的案件好几十起，再加上这次他又是张大山腐败案的专案组组长，在座的参会人中至少有近百人受到过他的“亲自召见”。

这些人在钱江面前，就像一个透明的玻璃人，有不少人在那次谈话中还受到钱江最为严厉的批评，甚至是训诫。为此，他们坐在会场，面对台上坐着的这位新来的纪委书记，心里很不是滋味。有的心里七上八下；有的始终不敢抬头正视主席台；有的不敢抬头，怕与钱江目光相遇；更多的咬牙切齿，怒视着钱江……至于任免大会上，省委负责同志讲了些什么，新任市委领导们都是怎样发表任职感言的，这些人基本上没听进去几句。尤其是轮到新任纪委书记钱江发言时，会场的鼓掌声是七零八落的，一点不热烈。

从这掌声中，不难看出是一种抵触或排斥情绪的表现，隐含着一种浓厚的不欢迎的强烈意味。钱江若无其事，挺直腰板坐在主席台上，表情稳重严肃，显得十分庄重威严；一双不大不小的眼睛始终平视着台下，目光显得十分和善睿智。他面对今天稀里哗啦的掌声，彬彬有礼地从座位上站起来，向大家深深鞠了个躬，紧随着就坐下了，一起一坐，动作干净利落，显得十分老成，富有涵养……

“……我的经历很简单！当过兵，扛过枪，后来从部队转业到省纪委，一直在二室工作。这个室联系我们市多年，对我们市有些情况，我还是了然于胸的，也许组织上正是考虑到这一因素，才决定把我交流来……”钱江对着麦克风，做自我介绍。

接着，钱江把话锋一转，继续说道：“长期的部队和纪检生涯，把我磨砺出一个视纪律为生命的品质。我的性格，耿直、坦诚，是一个不会在巷子里扛木头的人！凡事喜欢直来直去，不喜欢弯弯绕！是一个与人为善、比较好相处的人！这既是我的优点，也是我的缺点！我一直恪守不能成全人家事的时候，绝不坏人家的事的原则。但是组织上把我放到纪委书记这一岗位上，今天把丑话说在前，请大家在今后的工作中，千万不要为难我！只要大家不违反党纪党规，我们说什么都好商量！可是要有谁敢违反党纪党规，无论违反哪一条，天皇老子说了都不行。这是我做人做事的底线！”

钱江环视了一眼台下，面带微笑地说：“今天在座的有些同志，我们不仅比较熟悉，而且有的恐怕已经了解过我这一性格。请这些同志大可放心！我是一个心直口快的人，批评人不讲情面。我的战友和同事，都说我讲话不懂艺术，容易得罪人，要我好好改改！我说，不能改！一改就不是我钱江了！我一直以为，对己，对人，严格要求，是对的！只要大家都是善意的，哪怕话说重了，把你说‘跳’了，都没有关系。严，是同志间最好的关心与爱护，最好的警醒与约束，最好的处方与良药！尤其是纪检干部平时一定要刀子嘴豆腐心。

“俗话说得好，忠言逆耳利于行，良言苦口利于病。以后和大家共事时间长了，大家就会知道我是一个什么样的人了！路遥知马力，日久见人心嘛！我们不看广告，看疗效！”

……

钱江一番平实的讲话，既没有什么豪言壮语，又没有什么华丽的词汇。这些语言，朴素、真诚、率直、实在，是肺腑之言，是一种真情真心的流露，蕴含着一股正气。

钱江的话，虽不多，但却显露出一个纪检干部襟怀坦荡、勇于担当的风骨，也凸现出了这位新任纪委书记的人格魅力。有些同志涨红了脸，有些同志低下了头，更多的同志竖起耳朵，聚精会神地听着、记着……

## 五

钱江，面对这样一种复杂的情形，走马上任了。钱江上任后，参加的第一个会，就是新任市委书记主持召开的第一次常委会。会议只有一个议题：怎样才能不辱使命，迅速遏制江城经济形势下滑的态势？

“搞经济建设，我是外行。不过怎样为经济社会发展创造一个良好的政治生态，我倒可以谈谈自己的一些不成熟的想法和看法。”钱江抢先开了腔。

“大家知道，张大山的贪腐，对江城的政治生态破坏是十分严重的！负面影响也是很大的！案发后，江城有些人心浮动，有的同志昔日的闯劲，渐渐消退了；有的同志当一天和尚撞一天钟，甚至连钟也不撞了；有的同志不担当不作为，生怕树叶掉下来，把头打破了；还有的同志心事重重，成天提不起精神……我想，昨天任命大会上，出现的那一幕，大家恐怕都还历历在目。为何会出现那样一种情形？从表面上看，是对我的到来，不欢迎！但透过现象看本质，这是一个精神状态问题！有些同志还心有余悸，尤其是极少人涉及张大山腐败案的一些事，还没有了结，因而忐忑不安，甚至是诚惶诚恐。如果这些人的问题，不及时加以解决，势必还会严重影响下一步的发展！换句话说，势必难以遏制经济下滑的态势！”

“钱江同志，你是不是心中已有啥妙招了呀？”新任市委书记插话道。

“妙招，还不敢说。我党的一贯政策是‘坦白从宽，抗拒从严’和‘宽严相济’。我们是不是能充分运用这一政策，充分发动这些同志积极主动地向组织说清问题，争取宽大处理，以达到放下思想包袱，轻装上阵的目的……”钱江侃侃而谈。

钱江的一席话，立即引起大家的共鸣。常委们你一言我一语地紧紧围绕这一话题，展开热烈的讨论。

会整整开了一天，并形成一致意见：近期在全市干部中广泛开展一场以张大山案件为反面教材，以限期认领问题线索、限期向组织说明问题、限期清退赃款赃物、限期整改问题等“四个限期”为主要内容的警示教育。

市委常委形成共识后，钱江立即向省纪委做了专题汇报。省纪委对此也予以高度认可，并指示第二纪检监察室和案件审理室在依纪依规政策上给予指导和把关。

有了上级支持的这把尚方宝剑，钱江十分激动，还没回到办公室，就电话遥控指挥市纪委法规研究室，迅速通知市纪委各位副书记和各室负责人二十分钟后，一律到会议室开会，一起研究警示教育方案。

车刚进市委大院，钱江就急匆匆地从车上跳下来，三步并作两步爬上楼梯，直奔四楼会议室……

这时，大家早已在会议室等候。钱江一坐下，还有些气喘吁吁，顺手端起茶杯，“咕嘟嘟——”大口连喝几口茶，说：“这么急把大家找来，主要是研究如何开展好这场警示教育。在没研究前，我先把省纪委领导和市委常委会议精神给大家传达一下。”

传达完上级指示精神后，钱江又和盘托出了自己的一些想法，并一再嘱咐：“方案一定要把党的政策写深写透，一定要具有很强的针对性、指导性和操作性，一定要细之又细，特别是硬性规定不能软，刚性要求不能柔，政策界线不能松。”

仅一天时间，方案形成了，并经市纪委常委会讨论通过后，速报省纪委和市委……

## 六

方案批复下来的当天下午，钱江就要求市纪委办公厅尽快组织几辆大巴车，把全市县处级以上领导干部统一拉到江城监狱。

大家一上车，一看车是往监狱方向开，心里直犯嘀咕：“这钱书记葫芦里卖的是什么药？”就连几位市领导也给闹糊涂了，一再追问：“老钱，你这是搞什么名堂呀？”钱江一个劲地傻笑，就是不回答，给逼急了，也就九个字：“到地方，就真相大白了！”

多一个字都不说。

车，行驶约四十五分钟，缓缓穿过一座由荷枪实弹的武警战士站岗的桥，在一幢大楼前的广场上停下……原来这就是闻名遐迩的江城监狱。

大家一下车就发现这是一个四面环水的孤岛，东西南北四面都是奔腾不息的河流，河面宽约四五十米，呈长方形。穿过桥上岛，迎面就是监狱的办公区。办公区后面是一座高墙电网的监狱，正对着停车的广场。高墙下，开着一扇大门，大门是铁制的，漆的是黑色，门前两侧站着四个持枪的威严的武警哨兵。

“各位领导同志，请下车后，直接进入礼堂。”工作人员在不停地招呼着。

礼堂里，一位身穿警服的同志走上台，给大家简要地介绍监狱的基本情况，严肃地宣布现场警示教育中的注意事项。

他话音刚落，就见两名威武的警察押着一个五十多岁，穿着囚服的服刑人员从后台的侧门通道走到台下左前侧的话筒旁。两名警察迅速往后退了三步，双手往身后一背，站在一旁。那服刑人员对着话筒，声泪俱下地讲述着自己是怎样从一个领导干部沦为阶下囚的经历。三个在押犯相继从不同角度进行了现身说法。

听完犯人的现身说法后，工作人员把大家组成三个队列进入监区参观服刑人员的生活、学习和劳动改造情况。

参观一结束，大家重新回到礼堂。这时，钱江才宣布：“警示教育动员部署大会现在开始！今天会议有三个议程：一是进行现场警示教育；二是请三名同志交流刚才接受现场警示教育的体会；三是请市纪委常务副书记王成同志宣读江城市警示教育工作方案；四是请市委书记李健同志讲话。下面依次进行。”

……

会议议程结束后，钱江开始做总结讲话。

他操着洪亮的声音，说："……刚才一路上，有的同志心里直犯嘀咕，问市纪委要组织大家干什么？现在不用我告诉大家，大家都已心知肚明了。为什么这次要打破常态，把警示教育动员部署会搬到这里来召开？目的就三个：一是接地气，让大家亲身感受到不廉政的惨重代价是什么；二是震慑，让大家明白一个道理，就是不能腐了，否则就会进监狱；三是感召，让大家懂得高墙电网就一墙之隔，两重天！守住底线，敬畏法纪！……"

说着说着，钱江嗓门儿好像降了八度，深情地说："我真诚地盼望和欢迎曾经犯过一些错误的同志能珍惜时机，在'四个限期'规定的时间内，积极主动地认错、知错、悔错、改错，千万千万不要有任何侥幸心理。同志们呀，过了这个村，就没有这个店了！请你们相信，组织上一定会公正、公平、公开，依纪依规处理好每一件事每一个人！这一点，我代表市纪委，在这里给大家一个庄严的承诺！同时，我也真诚地祝愿在座的各位平安无事！千万不能再楼建起来了，人却倒下了；经济发展上去了，队伍却垮了！千万不要步张大山的后尘！千万不要像刚才那三个服刑犯那样失去人身自由……"

## 七

钱江从监狱开完会，直奔办公室，刚坐下喝口水，就见一个十分熟悉的身影闯了进来。钱江一见，立马跑上去，一把抱住了，显得十分亲热。

“不知市长哥哥大驾光临，有失远迎！失敬，失敬！”钱江笑容满面，一只手抱着那人，一只手使劲在那人的后背上拍着，嘴里喃喃地说。

“老弟，太谦和了！那天任命大会上见到弟弟，很高兴！本想上前和你一叙，可人太多了，怕有不便，就没有当场叨扰你。不会责怪哥哥吧？”

“哪敢！哪敢！我是弟弟，理应我先去看望兄长……”这时钱江双手松开那人，又是让座，又是忙着沏茶。

“你可是省里派来的钦差大臣，你要是先去看我，那不是折杀我吗！”那人边开着玩笑，边往沙发上一坐。

来人长得一副文质彬彬的样子，满头乌发，戴着一副高度近视眼镜，说话慢声细语的，看上去十分儒雅，像个老学究。他叫冯文彬，是江城分管经济工作的副市长。

钱江和冯文彬不沾亲，只是带故。两家同住在一个街道上，相隔不足五十米，算是邻居，冯文彬比钱江大上个一两岁。那时，只要有别人敢欺负钱江，都是冯文彬冲锋陷阵护着他。俩人从小学到高中，都是同校不同届。钱江就像冯文彬的跟屁虫，冯文彬走到哪儿，钱江就跟到哪儿，俩人形影不离，成了铁把子、好兄弟。

冯文彬喜欢画画，出去都是钱江帮着背画板。高中毕业时，冯文彬一举考入江淮一所名牌大学的经济系。次年，钱江高中毕业应征入伍了，没想到，俩人又居然在同一座城市。冯文彬就像一个大哥哥似的，一到星期天，就买点好吃的，往军营里送。俩人可真是不是亲兄弟，胜过亲兄弟。

冯文彬大学毕业后分配到江城工作，后来钱江从部队转业回到了家乡。虽然冯文彬不怎么回老家，但钱江每到星期天去看望父母，也一定会到冯文彬家走一趟，替大哥尽一番孝心。

俩人虽不常见面，但感情一直很铁，算是莫逆之交。

“唉！小弟呀！你的办公室也太简单了，怎么空荡荡的？啥也没有！”冯文彬环视了一下钱江的办公室，情不自禁地脱口而出。

“大哥，你是知道的，我是行伍出身，喜欢简洁。”

“办公室一点文化味都没有，咋行？赶明儿个，我给你送上一幅画挂挂。”

“不行，不行！”钱江直摆手，说。

“和我还客气吗？哥哥给你画张画，不算是行贿吧？”

“那自然不算！不过，我想让办公室的同志，帮我在这挂一张江城地图……”

“挂那太土气了！不行！对了，不会是你小子当上大官，就嫌弃哥哥了吧？”

“哪儿呀！哥哥可是大画家，能挂上哥的画，那小弟的陋室岂不是蓬荜生辉了吗？”

“呵呵，这样说话，哥还是爱听的！哥给你画幅四尺整张的山水，咋样？”

“那就恭敬不如从命了！不过，哥最好给我画张啄木鸟。”

“画那干啥？哪有办公室挂那的，多不吉利！就给你画张山水，山水寓意深刻，山是靠山！水有灵性，有活力，是生命。”

“没想到我的市长大人，还那么迷信呀！我就喜欢啄木鸟，要画就画啄木鸟。这可以展示我的职业、我的品性、我的爱好！”

“好，好！挂张画，还三句不离本行！我算服了你！不过，丑话得说在前，我擅长山水，不擅长花鸟。那……”

“不会反悔了吧？”

“哪儿能呀！我是说不过你，得给我一点时间，画啄木鸟，不像画山水那么得心应手，得费点时间。”

“慢工出细活，这个我懂！”

“那到时可不准你嫌哥画得难看哦！”

“呵呵！哥，你要是不上心，那受损的可是你这位省美协副主席的名声呀。”

## 八

钱江和冯文彬聊得十分开心，聊得也十分投入。

“小弟，我突然想起一句话，得好好问问你。是不是你一来，就对全市领导干部社会兼职的情况，进行清理整顿？”冯文彬一拍脑袋，冷不防地问。

“是呀！怎么了？”钱江连连点头，说。

“你一来，第一把火烧的就是你哥哥我呀！”

“不敢，不敢！你就借我一百个胆，小弟也不敢在太岁头上动土呀！”

“我可是告诉你小子，我这省美协副主席可是民主选举的。”

“哥，你给说句实话，你一人身兼多少职务？”

“至少有七八个吧！”冯文彬想了想，回答。

“那你能忙得过来吗？”

“这……”

“哥，我给你算笔账。在江城市，我们每个市领导平均身兼五个群团组织的职务，有的还远远不止，有的甚至一人还兼上十几个。一个领导平均一年开工作职责范围以外的会议，就达十个以上，再加工作范围内必须要开的会议，你说，这样领导不是成天泡在会海中了吗？你能不累吗？你还有精力去抓自己的本职工作吗？同时，身兼数职，不仅不利于工作，而且还隐藏着一些廉政风险。”

“凡是我家小弟主导的，做哥的，哪能不支持！明个回去，哥就把所有的社会兼职全辞掉！”

“对了！哥，你今天不来，我还想哪天去找你。我好像听说，你还卖画。哥你是当市长的，画画可以当作是你的一种业余爱好，但千万不能又想当官又想发财呀。”

“这是谁在你面前嚼舌头了？”冯文彬显得有些气愤，又有些激动，没等钱江说完，就一蹿很高，打断了钱江的话。

“哥，我也是听说的，就想提醒一下哥，你用不着发那么大的火！有则改之，无则加勉嘛！”

“弟呀，哥不是生你的气！是……对了！我刚才一生气，差点把今天来看你的正事儿给忘记了。”冯文彬一拍脑袋，说。

“啥事儿呀？”

“我听说，就在一个小时前，你在监狱那儿主持召开了一个会，你在会上宣布，要把那些涉及张大山一案的一些人和事给揽下来，由你们纪委处理呀？”

“嗯！”

“我说小弟呀，你傻不傻！别人见了躲还来不及，你倒好，偏偏往自己怀里揽……”

“哥！你听我说……”

“我不听！我要不是你哥，才懒得跟你讲。弟呀！你是纪委书记！你的职责，不像人家组织部长是给人家发帽子，而你是专摘人家帽子的，是个得罪人的差使。现在你倒是好，还主动把那些乱七八糟的事都揽来。你要是提拔人家，人家感谢你一辈子，你要是处理人家，哪怕就是批评重了点儿，人家都会记恨你一辈子。”

“哥，你说得不完全对！我作为纪委书记，处理人，批评人，也是对同志的关心爱护呀！……”

“行啦！行啦！不说这不愉快的话题了。选日子，不如撞日子，今晚哥请你回家，叫你大嫂炒几个下酒菜，给你接风洗尘，也算是我这个当哥的尽一下地主之谊。”

“那感情好！”

随后，俩人有说有笑一起离开了办公室。

## 九

动员会召开后的第一个工作日，城管局副局长程虎一早就来到市纪委。

这时，离八点还差二十分钟，整个楼道还空荡荡的，只有一名保洁员在拖过道。程虎走上前去，小声地问：“同志，请问党风政风监督室是哪一个办公室？”那位保洁员连头都没抬，一边低头拖地，一边回答：“东头南侧第三个门。”“谢谢！”保洁员嗯了一声，继续埋头拖地。

程虎蹑手蹑脚地朝楼道东头走去，刚走没几步，突然看见一位中年男子拎一个热水瓶迎面过来。他仔细一看,这不是别人,正是昨天主持大会的新来的纪委书记。他想躲，已来不及了，只好硬着头皮，呆呆地站在那儿一动不动。

“钱书记，早！”

“你是……”

“我是市城管局的，叫程虎。”

“市城管局的？”

程虎“嗯”了一声，就伸手想接过钱江手中的热水瓶。

“不用了，我自己来！再说你也不知道开水房在什么地方。你是不是到纪委办什么事？”钱江十分和蔼可亲地说。

“是，是！”程虎连忙点头，说。

“现在还没到上班时间，你就在这儿等着，一会儿我打好水，先到我那儿喝点茶，等上班了，你再去办事。”

“不敢，不敢打扰领导，我就……”程虎神情有些慌张，吞吞吐吐地说。

钱江一见他这神情，怀中还抱一个鼓鼓囊囊的小包，两腿还直打哆嗦……心里已猜个八九不离十了。

“程虎同志，走我们一起去打水。”

“嗯。”

程虎紧跟在钱江后边，一会儿水打好后，他跟在钱江后面，小心翼翼地进了办公室。钱江又是让座,又是沏茶,显得十分热情。

“钱书记，昨天的会，我是真受教育。特别是您的……讲话，都讲到……我的心坎上了……我晚上回家……想了一宿……都没合眼……”程虎显得十分紧张，说话支支吾吾的。

“程虎同志，别着急，先喝口水，慢慢说。”钱江面带微笑，递上茶杯，和风细雨地说。

“钱书记，我真的不想犯错误！我从小是一个孤儿，是吃百家饭长大的，上了大学，也是靠乡亲们东一家、西一家地接济，读完书的……我糊涂呀！怎对得起帮过我的人呀……”说着说着，程虎嗓子一哽，说不下去了。

“别太激动了！先把泪擦擦，再说。”钱江从椅子上起身，顺手拿起纸巾，往程虎手中一塞，又走到他跟前，轻轻地拍拍他的肩膀，和蔼可亲地说。

“这包钱,一共有五万两千元。我怕早晨来太早,银行没上班,昨晚我就取了出来，我现在交给组织……”程虎一边说着，一边把小布包往钱书记的办公桌上一放，说。

“先别急着交钱，先把你的事给我说说，行吗？”

程虎使劲地点头，接着，他一五一十地向钱江倾吐了自己的事。

程虎是个孤儿，三十二年前大学毕业分配到城管局工作，从一个最普通的办事员干起，平时工作任劳任怨，兢兢业业，生活上也十分节俭，每天在食堂里打菜，从没超过五元一份的。有人问他为何那么节俭？他说他是孤儿，一直都靠热心人接济，才有今天，我要把省下来的钱寄回村里，给几位一直扶养、帮助他的老人。他的报恩之心，深得大家的欣赏，再加上他的工作态度，无论是领导，还是同事，对他都是赞不绝口。为此，他工作不到十年就被升为科长。从科长到副局长，他用了二十一年。

这二十一年，他从没有怨言。他说自己是一个孤儿，能有今天，已经很满足了！知足者常乐嘛！前几年，有的比他进来晚、能力弱，大多得到提拔重任，唯有他，仍是“涛声依旧”。为此，一些同事为他鸣不平，也劝他去送送礼，走走上层路线。一开始他死活不愿同流合污。

在一次偶然的机会里，程虎有位在京的同学来江城，叫他一起去吃个饭。没想到，这顿饭居然是张大山请的。他跟着沾了一次光，从此他也就进入了张大山的视线……

## 十

程虎像竹筒里倒豆子似的“哗啦啦——”一股脑地倒了出来……

程虎说完后顿感轻松了许多，真诚地对钱江说：“钱书记，谢谢您这么耐心听我唠唠叨叨说了那么多！”

钱江笑了笑，看看手腕上的手表，便起身说：“程虎，也非常感谢你对我的信赖，把这些年藏在心里的话，全告诉了我。对了，现在九点了，我陪你去党风政风监督室。”

“不用！不用，我自己去。”程虎也从椅子上起身，连忙说。

“客气啥！全当活动一下身体。”

钱江说着就陪程虎一起来到了党风政风监督室，室主任李煜一看，马上迎上去……当他了解事情的原委后，赶紧叫两名工作人员先陪着程虎去趟银行，把程虎小布包里的钱存到市纪委廉政账户，然后再回来进行谈话。

程虎随工作人员一起下了楼，钱江望着他们的背影，一再嘱咐着李主任：“凡是主动来向组织上说明问题的，你们一定要善待，要自觉做到‘五个一定’。一、态度上一定要热情周到；二、接待时一定要有‘三心’，即细心、耐心、暖心；三、交谈中一定要做到‘六个字’，即平等、尊重、信任，充分做好思想政治工作，教育引导他们放下思想包袱；四、处置上一定要做到‘三用’，即用好、用活、用足政策；五、对外一定要严格保密。”

接着，钱江又给李主任交代：“我昨晚已与市委办公厅打过招呼了，要他们在一楼拐角处给你们腾出四间办公室，留一间给省纪委二室进驻的同志用，以供他们专门接待副市级以上领导用；其他三间作为你们的临时接待室。还有一定要给各县区纪委、市直机关派驻纪检组打个招呼，叫他们设置的接待室也要尽量放在一楼。这样既方便来说明问题的同志，同时又安全、又隐蔽。你一会儿去对接一下，一定要安排好！按照方案规定明天开始接待来访。你们今天把所有参与该项工作的纪检人员集中起来，进行一次强化培训，并与他们签订保密协议书……”

“好，好！”李主任一边认真地记着，一边连连点头，说。

钱江布置完工作后，回到办公室，心里怎么也平静不下来。

程虎刚才那番话，老是在耳边回荡。

“自那次认识张大山后，我就想去一趟市委，见见市委书记，跟他汇报汇报思想。可转眼一想，人家那么大官，咋会见我这个芝麻大的小官？心里斗争好几回，最后还是壮着胆子去了一趟。可走到半路上，又想：总不能空着手去吧！要去，得买东西……拎着东西进市委大院，太显眼，不好看！再说买啥东西，才能不太失礼呢？太贵重，买不起！轻了，别人看不上……”

“这第一次送礼，真是好为难呀！钱书记，我说的是真的！”程虎看了看钱江，说。

“能理解你当时的心态。”钱江点了点头，和蔼地说。

“当时，我都买好了一盒冬虫夏草，拿到手上又退了。服务员见我十分犹豫的样子就说，是送礼吧！不如买购物卡，送人方便。她这一提醒，我觉得也对，就买了几张购物卡……送不出去，就装到口袋里，也不失面子。没想到，张大山连推都没推，就收下了。这下，我有了第一次，就有了第二次、第三次……不出一年，我真的坐上了副局长的位子。我不知道是送卡送的，还是同学从中帮忙，反正起作用的是张大山。张大山要想提拔一个副处级干部，就是一句话的事。”

程虎抬头看了看钱江，又继续说道：“当时，我心想，送卡，也是正常的人际往来。中国本身就是一个人情社会，一张小小的卡，就是联系感情的纽带，无伤大雅，只要自己不贪，就算是行得正了。我这么一想，就变得心安理得了。后来我给别人送，别人也给我送，时间一长，我自然而然也就习惯了。不过，我虽记不清谁给我送过卡，但收到的卡，都是心中有数的。我会把这些卡积攒下来，到年底去超市统一采购些年货，送回村里，分发给曾经热心帮过我的一些乡亲。”

……

钱江听完程虎的话，心里很不是滋味，心想，原本是一位本性不错的同志，却让江城这个大染缸给污染了……

## 十一

一进入“四个限期”阶段，钱江每天都是白加黑连轴转。他白天忙着调度和指导，晚上忙着与纪委常委、各接待点负责人一起汇总、研判、会诊当天接待情况。

几天下来，钱江双眼都布满了血丝，眼圈也变黑了，嗓子也有些嘶哑……已有很多人主动向组织上说明了自己的问题，退交赃款赃物折合人民币 572 万元。

当钱江看到由他力推的拔“烂”树、育“歪”树、治“病”树的“四个限期”警示教育，已初见成效，深感欣慰，也感觉不到累是个啥滋味了。

“时间过得真快呀！转眼警示教育已进行十天，再过半小时，规定期限就结束了，可算是大功告成一半！”钱江看看手表，正好下午五点，两只眼皮怎么也不听使唤，直打仗。钱江关上办公室的门，坐到椅子上，调整一下椅子的角度，闭目养神。也不知过了多久，钱江居然在椅子上打起了呼。

“咚咚,咚咚……”一阵轻轻的敲门声,把钱江从睡梦中惊醒。

“谁呀？”

“钱书记！我是李煜。”

“请进！”

门轻轻地开了,李煜进来,身后还跟着一位五十多岁的女子。

“钱书记，这位是江湾县政协副主席宋丽霞同志。她来，是想当面向您汇报汇报思想。”李煜开口介绍道。

钱江揉了揉眼睛，然后站起来，绕过办公桌，热情地伸出右手，一边和她握手，一边说：“欢迎，欢迎！”

李煜就借这工夫，忙着沏茶。

“别站着啦！请坐，请坐！”钱江面带微笑地说。

“钱书记，我知道您很忙！但纠结了好长时间，想一想，还是来当面打扰……”宋丽霞还站在那儿一动不动地说。

“没关系，没关系！有什么话，先坐下来，慢慢说。”钱江一边用手示意她坐下，一边说。

李煜给宋丽霞递上一杯茶，打个招呼，便退了出去。

宋丽霞小心翼翼地坐到钱江办公桌对面的椅子上，眼泪在眼眶里直打转。

钱江这才上下打量面前坐着的这位女子。

她身着一件粉红色连衣裙，身材匀称，皮肤白净，苹果似的脸颊上高鼻梁、大眼睛、小嘴巴，一看就是一美人儿。要不是眼眶周边有浅浅的眼袋，以及乌黑的头发中隐藏着少许白发，打死也没人相信她已经五十多岁了。

“钱书记，不好意思，让您见笑了！我这人容易激动，眼泪也很不值钱……”宋丽霞从包里掏出一包餐巾纸，抽出一张，擦了擦眼睛，说。

“不急，不急！先喝口水。”

“钱书记，那天在监狱开动员会，我也参加了，印象很深刻。特别是您的讲话，说这次教育的目的，就是‘拔烂树、育歪树、治病树’，惩前毖后，治病救人，给一些曾经犯过错误的同志一次改过自新的机会。回去后，您的话，一直在我耳边响……这不，就鼓足勇气来找您，把我这些年的苦，把心里的煎熬，找您倾诉倾诉……把这些一直压着我喘不过气的大石头搬掉……”

## 十二

“真不知从何说起？就从十三年前的一个夜晚说起吧！那是我一生中最黑暗的一夜！最耻辱的一夜！……”宋丽霞十分痛苦地回忆起往事。

十三年前，宋丽霞还是在江湾县一个最偏僻的乡担任副乡长。

这个乡，地无三尺，全是乱石山冈，开始农民还可以开山炸石，生活还算富裕些。可后来为了保护生态环境，不让采石了，农民这些年在坑坑洼洼的乱石冈上，种啥经济作物都不生长，一下子就成了全市最贫困的乡。

在这个乡的干部大凡有一点点关系，都调走了，就是上面派下来的干部，也都像走马灯似的一茬换了又一茬。那时乡里就是全县有关系的干部的跳板，镀一下金，就可以提拔重用。宋丽霞是土生土长的一个乡干部，从村支书，到乡妇联主席，一直干到副乡长。

这年九月的一天，宋丽霞陪乡党委书记去县里，给刚从省里下来的县委书记张大山汇报工作。

离开县委大院，才下午四点，乡党委书记对宋丽霞说："宋乡长，我都几个星期没回过家了，好不容易到县城，就顺便回家看看。你呢，也很少来县城，今天就不走了，趁现在还早，你就好好转转。明个一早，我们再回去。"

宋丽霞也觉得难得来县城一趟，是该借机逛逛街。一听书记的话，正合自己的意，她当即连连点头。

宋丽霞陪着驾驶员一起把书记送回家，就和驾驶员一起找个宾馆开好房间后，独自一人到县城随处逛逛。不知不觉走到了位于县城最繁华地段的十字口，一看百货大楼人头攒动，就随着人流情不自禁地进去了，楼上楼下转了好几圈，啥也没买。

宋丽霞刚想离开时，两个操着外地口音的人在柜台上买购物卡，一边买，一边轻声说着话。她隐隐约约地听见他俩说去看什么人。这下却提醒了她，她想，平时自己没有机会到县城来，也接触不上县领导，这次好不容易来趟县城，不如再去看看新任县委书记。一想到这儿,她随手也就买了两张面额为五百元的卡。

卡是买了，可刚从书记那出来，再回过头去看他，书记要是问怎么又来了，又有什么事，自己咋回答？宋丽霞一下犯难了。可转眼一想，这还不好对付嘛，就说，邀请新任书记到贫困乡去实地调研……于是，她大步朝县委大院的方向走去。

可一进县委大院，宋丽霞心里又后悔了，对新书记一点都不了解，万一他当面拒绝收卡，不仅会弄得自己当场下不了台，还会弄得以后自己不好开展工作……宋丽霞又转身走出了县委大院。

可刚走出大院,宋丽霞就暗骂自己就这么点出息,见了书记,不能见机行事吗？书记要是态度热情，临走时，就把卡给他，要是态度冷淡，卡就不给。这主动权完全掌握在自己手里，真是聪明反被聪明误呀!

于是乎，宋丽霞鼓起勇气，又朝县委大院里走去。

## 十三

一进张大山的办公室，张大山啥也没问，又是让座，又是沏茶，比刚才见乡党委书记还要平易近人，还要热情。

见此情景，宋丽霞胆子也就大了起来，先是把乡里的情况，如数家珍地向张大山做了汇报，随后又正式邀请书记挤出宝贵的时间,亲自深入乡里检查指导工作。随后从包里掏出一个小纸袋,往张大山桌子一放，便兴高采烈地离开了张大山的办公室。

宋丽霞出了县委大院后，心花怒放地走在县城的大街上，憧憬着美好的未来……

时间过得真快，转眼间，已到晚上九点，宋丽霞这才感觉到肚子有些闹革命了。她找了家牛肉面馆，要了一碗面，一口气吃完，就回到了宾馆。

可一到房间门前，宋丽霞愣了："咋房卡不见了！"她把手提的小香包翻了个底朝天，也不见房卡。她想：明明房卡是放在包里的，现在怎么也找不到，真是活见鬼了！她正想着，猛然发现自己手中紧紧握个小纸袋。

"瞧！我这记性！还没到七老八十的，就丢三落四。"她暗骂自己。

宋丽霞一看手中的纸袋子，是一个小小的方方正正的红纸袋，顿时傻眼了。

她站在房门前，脑子嗡嗡直响。

"怎么会把房卡当购物卡，给了县委书记呀？瞧这事办的！书记会咋想呀？书记会咋看我？以后就是有再多的机会，书记也不敢用我这样一个傻了吧唧的人呀。"宋丽霞站在门前一动不动，半天都没缓过来劲儿来。

"同志，你是住这儿吗？"一个女服务员问道。宋丽霞半天没有一点点反应。

"同志，有什么要服务的吗？"服务员又问道。

"是，是！"宋丽霞这才缓过神来。

"那你是……"

"噢,对不起！我的房卡不知丢哪儿去了,进不去了！这才……"

"同志，对不起！不是我不相信你，我现在不能帮你开门！你得跟我到总台去核验一下身份，我才能给你开门，请你理解！"

"理解，理解！"宋丽霞连声说。

就这样，宋丽霞补交丢失房卡的五十元罚款，又重新办了张房卡。

进到房间，宋丽霞一下子瘫坐在床沿上，十分懊悔，绞尽脑汁想用什么方式去补救。可头脑都想炸了，也没想出个啥道道。

## 十四

就在宋丽霞苦思冥想，还没理出个头绪时，门，突然开了。

一个身影从门缝里一个闪身，进了房间，又快速把门轻轻地关上了。

宋丽霞一见这情景，吓得"唰——"地一下子从床上跳了下来，脸色苍白，浑身直打哆嗦。

"丽霞，是我！我是张大山呀！别怕！"张大山一看把宋丽霞吓成这模样，就小声安慰着。

"书记，怎么这么晚了，您还来看我？真是不好意思！"宋丽霞一看来人是书记，渐渐平静下来，脸也渐渐泛出红润。

"丽霞，来早了，影响不太好！别看我来县里任职时间不长，小小的县城认识我的人，也不少。"

"那书记，请坐！我来给您倒茶。"宋丽霞一听，他俩说的话，意思完全不一样，但又不好解释，只能硬着头皮假装下去。

张大山借着宋丽霞倒茶这工夫，发现眼前这少妇，虽是山里人，但韵味十足。人长得亭亭玉立，胸，鼓鼓的，挺挺的；特别是一双大眼，水灵灵，真是勾魂摄魄……面对眼前这只飞来的金凤凰，张大山再也忍不住了，一下扑了上去。

事后，宋丽霞半裸着，紧紧靠在床头上，哭哭啼啼。

“宝贝！别哭了，我会对你好的……宝贝……”张大山赤裸裸地躺在床上，一边十分温情地宽慰着宋丽霞，一边用一只手不停地抚摸着宋丽霞的胴体。

宋丽霞任凭张大山的抚摸，不仅一点点快感都没有，反而有一种负罪感。她一动不动，心里不停地在责骂自己：眼前这些祸，都是你自己闯下的！这杯酒，也是自己亲手酿的，你不喝，叫谁喝。谁让你攀高枝，给人送卡？你平白无故给一个男人送房卡，那不就是这个意思吗？这，也许就是送错卡，最好的……

一想到这儿，宋丽霞渐渐止住了哭声，她只能将错就错了。这苦水，也没地方去倒呀！就是倒了，又有谁信！只能是越描越黑，弄得身败名裂……

时间过得真慢，好不容易熬到鸡鸣，张大山好像想起什么，一骨碌爬起来，赶紧穿好衣服，又走到床前，轻轻地吻了一下宋丽霞。最后，他轻轻打开门，溜出了房间。

过了一会儿，宋丽霞也起身到了卫生间，打开淋浴，使劲清洗着自己的不洁和羞辱。

这事过了大约有一个月，一天县委组织部来了三个人到乡里进行干部考察，说是从领导班子副职中提拔一名同志，到县妇联去任主席。大家一听就明白，班子中就宋丽霞一人是女性，这事非她莫属。宋丽霞，对此一点也高兴不起来。她知道，这是她用自己的身体换来的。

宋丽霞到县城工作几年，虽没主动接触过张大山，但隔个十天半月的，张大山还会不时地打电话约她去私会。

九年前，张大山听说要调他去市里工作，离开前，正好赶上县四大班子换届，他就向市委组织部力举宋丽霞进县政协领导班子。就这样，宋丽霞当上了县政协副主席。

## 十五

钱江听着宋丽霞的介绍，心里一直很纳闷：为啥在调查张大山严重违纪违法案中，张大山交代的情人中，没有宋丽霞这个名字？难倒是他把她给忘记了不成？难倒是张大山想隐瞒什么？还是张大山压根儿就从没把宋丽霞当成情人，只是当作权色交易的工具？一连串的问号，在钱江脑海中出现。

“钱书记，我这样算是‘歪树’，还算是‘烂树’？我……”宋丽霞急切地问。

“宋丽霞同志，你要相信组织，组织会妥善处理好你这件事的。”

“相信，相信！不相信，我就不会主动来说了。其实，我一直就想跟组织上把这一罪恶说出来，只是一直没有找到合适的机会。现在跟您说了，反而一身轻了。不管组织上怎么处理，我都坚决服从！这点，请组织放心！”

“你有这个态度，很好！”

宋丽霞涨红着脸，没有再说啥了。

“宋丽霞同志，能问你一个问题吗？”

“嗯！”

“我想问的是，你认为，你在张大山心中算是情人，还是……”

“不算，不算！”

“为啥你会这样认为？”

“钱书记，我是这样理解的，情人是有感情基础的，这种感情非常特殊。而张大山对我，就是以占有或发泄为目的。张大山在我心中，就是一个道貌岸然、禽兽不如的伪君子！我对张大山没有一点点感情可言，只有憎恨，憎恨！说句不好听的话，每一次和张大山发生关系，我都有一种罪恶感！都有一种被强暴的感觉！我十分憎恶自己怎么会变成这样一个下贱的女人！我是舍身取官。”宋丽霞说着说着，显得有些激动了。

“宋丽霞同志，行了，行了！我们先不说这个了。”钱江一看她又激动了，赶紧打住。

钱江问起她家庭情况，又问起江湾县情。他们聊的就像“答记者问”一样，不是很轻松。

“钱书记，我知道你很忙，就不打扰您了。”宋丽霞也算是见过世面的人，知道钱书记转变话题，是想通过闲聊，来抚平她的心情。她十分知趣地起身想告辞。

“宋丽霞同志，很高兴认识你，也很欣赏你的坦诚与直率！不过，还想跟你商量一个事……”

“您是领导！不存在商量，请您尽管指示！”没等钱江说完，宋丽霞就打断了钱江的话。

“宋丽霞同志，是这样的，我们纪委办事，有一个严格的程序。我想，你前面告诉我的那些事，能不能请你一会儿跟李主任再说说，让他给你做个笔录……”

“还要做笔录呀？那好吧！”宋丽霞一听有些犹豫了，不过很快就答应了。

# 十六

十天的开门大接访一结束，钱江就马不停蹄地率领纪委相关人员进驻了纪委双规点。

双规点，位于江城西郊二十公里，是一片荒无人烟的地方。整个区域呈正方形，是全市唯一一个专供纪检办案用的办公地方，隶属市纪委。这儿虽没有像监狱、看守所那样安装了围墙电网，但也是戒备森严。围墙高约三米，大墙内，有四排楼房。第一排房子为办案纪检干部公寓；第二排房子为办公区，设有会议室、医务室、食堂和谈话室，谈话室墙面、桌椅清一色是软包，并装有监控、录音等设备；第三排为被双规人员食宿区；第四排房子为驻警区。

要进入这个地方，须进行严格的安全检查，手机不得带入，只能锁到门卫室的一组保密柜里，里面的监控也是三百六十度，不留任何死角。同时还驻守一个班的兵力，这个班是清一色的武警。他们主要负责整个区域的绝对安全，所有人员出入，只认证，不认人。进入这个地方后，就犹如进入了一个与世隔绝的世界。

钱江之所以选择这个地方进行闭门大复核，就是要排除一切干扰，对前些天前来主动说明问题的人一一进行复核；他们所退的 602 万元赃款进行一笔一笔地复审，也就是要与省纪委二室、省检察院反贪局的同志一起对账，仔细核对张大山案涉案人交代的问题与主动认错同志所说明的问题，所退的赃款赃物能否形成闭环？如出现不相符或者新的问题、或者新的疑点……要重新进行调查。

这一工作，看似简单，但工作量非常大，其复杂程度，也难以想象。这就要求参与者不仅要有一种对同志、对组织高度负责的精神，同时还要有精益求精的态度。为了确保复核精准无误，钱江坐镇指挥，连轴转地工作。大家很快就发现了“新大陆”。

吴民，市城建局总工程师，主动向组织承认 2010 年至 2013 年间，先后收受红叶叶公司董事长现金 35 万元，系动员后主动退缴。但据在押红叶叶老板李健交代，他曾先后六次给吴民送过钱，每次 5 万元。另一个在押的民营公司董事长也交代给过吴民 10 万元，还出资 32000 元让吴民一家到新疆、甘肃等地旅游。证据是吴民一家去新疆、甘肃等地旅游的飞机票、食宿发票。

汪伯仁，原市环保局局长至今仍未交代曾暗示下属龚正龙给一家造纸厂在环评中造假。龚正龙在主动向组织说明问题时，承认他共收受这家工厂好处费 50 万元，他自己留了 10 万元，另外 40 万元经他手转交汪伯仁。

高凯，江城市城投集团党委副书记、总经理，主动承认曾与正在立案调查之中的原市城投集团党委书记、董事长万博，虚增收入 2000 万，并伙同万博等人私分公款 60 万元，高凯得 10 万元，万博得 20 万元。副经理伍元秋主动承认曾拿过 5 万元，但在向组织说明问题的书面材料和笔录中，均表示不知道这 5 万元的来源。班子其他 5 人分别各得 5 万元。万博至今对此只字未提。

诸怀贵，是已退休三年的副市长，“双规”期间交代，他儿子到美国留学，市第二人民医院院长朱德贤曾给其子汇款，至于汇款具体数额，他不了解，只是儿子曾写信告诉过他。朱德贤在“四个限期”内并未主动向组织说明这一问题。

魏德才，原江湾县县长，移交检察院后曾交代，为讨好副市长冯文彬，曾在 2012 年 2 月，邀请冯副市长为县政府会议室画一张 6 尺的山水。后来通过冯副市长的内弟赵一鸣转交 50 万元，作为润笔费。这笔钱，冯副市长是否收到，不知情。冯副市长在

“四个限期”内并未就此事向省纪委二室做说明。

……

# 十七

复核发现的新线索，有的转交检察院继续侦察，有的留在纪委继续核查。

“冯副市长，是一个看钱比较淡的学者型领导干部，平时很注意洁身自好。民间虽有传言他卖画，但几次均为公益活动，所卖画款全部当场转交团市委希望工程。市希望工程办公室还专门给他颁发了捐赠荣誉证书。这几次公益活动，我作为监督员，都是亲眼所见。”市纪委党风政风监督室主任李煜抢先发了言。

“李主任说的，我也有同感。冯副市长为人低调，这么多年，省市两级纪委从未收到过关于他的任何举报件。至于他是否真的收到过江湾县政府付给的这笔润笔费，也只是一家之言，还有待于进一步核查。”市纪委常务副书记王成也接过话茬说。

……

“相信同志，是对的！但是作为纪检干部一定不能带个框子，去核查有关的事情；不能凭着自己的好恶，去评定；更不能带着观点，去判断事物的真伪。这是我们做纪检工作的大忌！凡事，一定要先调查，才有发言权；凡事，一定要注重事实，讲证据，去伪存真，得出确切可信且经得起实践检验的结论。千万不能先有帽子，再去帽子底下找人！这样会犯错误的，请同志们切实注意这一点！”钱江语重心长地说。

钱江这么一说，其他人也不敢再替冯副市长美言了。

“对于冯文彬同志，他的为人处世，我可能比在座各位都了解。我也不回避和他的关系，可以直言不讳地说，我和他，是从小一起长大的，算是发小。我到市里来任职，曾经也提醒过他，作为领导干部，不能既当官，又去卖画。他当时也告诉我，他没有卖过画。但对江湾这档事，我们既不能只听那个县长的一面之词，也不能只听冯副市长如何解释。50万元，不是一个小数字，这笔钱，只要是出账，一定会留下痕迹。钱是经谁手提出来的，又是经谁送他内弟手上的，他内弟又是怎么给他的，等等，这一连串的问题，我们都要搞清楚，还原事实真相。说真的，我是最不希望他拿了这笔钱的。但是如果他真的收了，一定要报省纪委彻查！绝不能讲情面，更不能手软！”钱江推心置腹地说。

“钱书记，您看这样行吗？先请你们市纪委从他的内弟赵一鸣查起。如确有此事，你们再移交给我们。”省纪委二室王主任提出建议。

“这个方法，行！”钱江点点头，表示赞同。

“那我们分分工，赵一鸣的问题，由党风政风室负责查；朱德贤的问题线索，由一室负责；城投集团私分公款的问题线索，以及对万博所分得的20万元，都由三室负责，三室查实与否，都要随时与检察院保持密切联系。汪伯仁的问题线索，移交检察院继续侦察。吴民的问题线索，由四室负责。”市纪委副书记王成进行部署。

“还有什么不明白的？”钱江说。

“明白！”几个室主任异口同声地回答。

“那好，就按王成同志刚才的意见办！同时，希望大家一定要以最快的速度拿出方案，报纪委常委会批准后，就开始实施！”钱江最后拍板。

“好！”

“那这个议题就进行到这儿。下面，我们再研究一下这些人主动说明的问题，除环保局龚正龙，市城投高凯、伍元秋外，还有很多人主动说明的问题，几经复核，都能完全形成闭环，可以根据宽严相济的政策，按照‘四种形态’，研究初步处理意见。”钱江说。

……

## 十八

“对主动说明问题的这些人，如何拿捏好处理的分寸至关重要。这不仅是维护纪律权威的问题，更是一个政治问题。处理得好，就能充分体现出政治效果、法纪效果、社会效果。反之，就会适得其反。我一直在想，有几个原则，一定要把握好。一是要把握好界线。党的十八大以前与十八大以后，要区分开来；十八大前的，可以轻处理；十八大后，不收手，不收敛，要加重处理。二是要把握好态度。真认错、真悔错、真改错的，可以从轻处理；有侥幸心理的，交代问题不彻底的，说一半留一半的，这类要严肃处理。三是要看这些人的主动与被动的关系。自己主观上去违纪的，要严处理；是被违纪的，可以从轻处理。当然，在这次开展‘四个限期’中，处理时，要适当宽松些，一定要给这些主动说明问题的人一次最为难得的悔过自新的机会……”钱江和盘托出自己的想法。

钱江的开场白，深得大家赞同。大家又你一言我一语地细化着处置方案。

在对宋丽霞的处理意见上，开始分歧较大。多数同志认为，宋丽霞通过不正当的男女关系，从而获得职务升迁，属于搞权色交易范畴，应予以严厉处理。钱江则认为，宋丽霞其实也是一个受害者。他说：“宋丽霞虽想巴结张大山，主观上想给他送送购物卡，没想到，慌忙中不小心把宾馆房卡当作购物卡给了张大山。张大山这个道貌岸然的家伙，在深夜闯进宋丽霞房间，并占有了她。后来几次，宋丽霞从没有主动去找过张大山，都是被动的。大家设身处地地想一想，如果一个能掌握你仕途进步的领导叫你去，你敢不听吗？我想，大概不敢吧！换言之，宋丽霞也不例外。这是其一。其二，宋丽霞不顾惜自己的脸面，主动向组织说明这一切，这需要多大的勇气和决心。其三，张大山始终没把宋丽霞看成是自己的情人。如果宋丽霞不说，就没人知道这一切。我们应该基于具体情况实事求是地辨别这个问题。”

“钱书记刚才说得在理！我前几天去找张大山核查，他与宋丽霞的问题，张大山说早已把这个人给忘记了。他告诉我，他之所以没说过宋丽霞这个人，是因为怕宋丽霞说他强奸了她。他每次喊她，她总是找各种各样的借口，推辞不去。喊她 10 次，她能来一次，就算不错的了。每次发生关系时，她一点都不配合。他的感觉，就像强奸。张大山还说，他之所以要提拔她，就是自己的这一把柄掌握在宋丽霞手里。这就像是一颗定时炸弹，随时会引爆的。”省纪委二室王主任说。

他俩一席话，深深触动了在场的每位同志。不知是同情宋丽霞的遭遇，还是佩服宋丽霞的勇气，大家异口同声地表示：“同意对宋丽霞同志进行诫勉谈话。”

这些人的初步处理意见，经市纪委常委会讨论通过后，又报省纪委、市委常委会批准，正式组织实施。

这一意见一出台，深得各界好评！新闻媒体称之为创举，并称江城市开展的警示教育，起到了“拔烂树、育歪树、治病树”的奇效。这既起到了正风肃纪的效果，又达到了挽救人教育人的目的。不少受到依纪依法处理的人也心服口服。一些受到处分的同志激动地说：“是组织给了第二次政治生命！”大家纷纷表示，一定要重振精气神，加倍工作，以此来报答组织的再造之恩。

## 十九

移交检察院立案侦查、公诉的宋德江、王传武等6人的判决书也下来了。

因6人属投案自首，且有重大立功表现，法院予以从轻量刑，并缓期执行。这一裁决，既维护了法律尊严，又显示出了“坦白从宽，抗拒从严”，一下子，就在社会上引起强烈反响。有许多人十分感慨地说：“这全是‘四个限期’释放出的巨大‘红利’。”

这一警示教育的效果远远大于判决本身。一层激起千重浪，随即，又有几个人主动到市纪委或市检察院投案自首。

市园林局局长孔开江，便是其中之一。

那天一早，就见一个头发稀少，有些秃顶，身材矮胖，皮肤黝黑，穿着一套褪色过时的中山装，手提一个大行李包，跟在一个中年人身后，小心翼翼朝市纪委走去。

没一会儿，俩人一前一后就来到了钱江办公室。

“钱书记，这是我们市园林局的孔开江局长。”一进门那位中年人就对钱江介绍身边这位矮胖的男子。

“钱书记，一早就来打扰，真是不好意思。”孔开江说。

钱江抬头看看眼前这位看样子有五十好几的男子，要不是陪同的市纪委驻市园林局纪检组闵组长介绍，钱江怎么也不会相信这位是局长。

“欢迎，欢迎！老孔，你的事，闵组长已在电话上跟我说了，别有什么后顾之忧。”钱江面带微笑地说。

“钱书记，‘四个限期’已过，我现在来，还管用吗？”孔开江迫不及待地抢先开了腔。

“当然管用呀！我们纪委的大门，随时都开着。”钱江接过话茬，说。

“那……这下，我……就放心了！钱书记，我今天……是来投案自首的。”孔开江显得有些激动，又有些紧张，没等钱江把话说完，就有些口吃地说。

“别着急，先坐下来，喝口水，我们慢慢说。”钱江把刚泡的一杯茶递给孔开江，并示意他坐下，和颜悦色地说。

“钱书记！我有罪呀！我真是一个糊涂蛋呀！我真的该死呀！呜——”孔开江水都没接，就往地下一蹲，双手抱着头，一把眼泪、一把鼻涕地痛哭起来。

钱江和闵组长赶紧把孔开江从地上扶了起来。

“老孔，请你相信组织！有什么话，好好跟钱书记说！”闵组长在一旁开导。

“好的，好的！钱书记呀！我晚节不保呀！这不，我请闵组长送我来纪委，就没打算回去。今天我是带着换洗衣服来的。”孔开江指着放在身旁那个大大的行李包，嗓子又哽咽了。

“老孔，千万别激动！有什么话，咱们好好说。”钱江说。

孔开江掏出一支香烟，点着后，猛吸了几口。

# 二十

“钱书记，我这人，原本也是个有底线的人。我参加工作35年，工作一直都是兢兢业业的，从没贪过公家一分钱，从没收过别人一份礼。可直到去年，我有一位表弟突然找上门，说市里新修的那条光明路绿化，他想承包做。我说，现在凡事都讲程序，那条路的绿化是一项大工程，不是我一个人说了算，得招标。他当场就跟我急眼了，说，你都多大岁数了？今年都58了，过上一年半载的，你就退休了，有权不用，过期作废。不就是公开招标嘛！那是死的，可人是活的。凡事，事在人为呀！你们招标把门槛设置好，不要你亲自出面，该走的程序，我去走，中不中标，都不怪你。”孔开江说。

孔开江继续说道：“就这样，在亲情面前，我没守住底线，成了俘虏。那个工程，神不知鬼不觉地我就从中捞到一笔好处费。这个口子一开，我就再也没有守住了！”

“是呀！现在一名领导干部的周围围猎的人太多了！要抵得住各种各样的诱惑。这其中，就包括亲情！”钱江有感而发，插上一句。

孔开江似乎并没听到钱江的话，继续讲述着自己是怎么样在这条不归路上越走越远的。

孔开江收钱也是有“原则”的：凡是人品不好的、口风不紧的、不知根知底的、私交不铁的、实力不强的，就是给座金山银山，也不要，能要的，基本上都他心中的那“五类”人。

江城这几年大建设，自然也是园林局的春天。孔开江在任还有不到两年，他暗下决心，要抓住这春天的尾巴，趁着现在手中还有权，赶紧捞点，好在退休后颐养天年。

城郊新建两个湿地公园，绿化项目资金就达一个多亿。园林局规划一做好，孔开江就迫不及待地打电话给表弟，一起密谋怎样才能把这个“大蛋糕”抢到手。表弟的公司是家民营企业，小打小闹地做些道路、小区绿化的还行，可是要承揽这么大的园林建设，还真是大姑娘上花轿头一回。

办法总比困难多，没有条件，创造条件也要上！表弟毕竟是在生意场上摔打成长的，脑子活，点子多，人脉广。他胸有成竹地对孔开江说：“表哥，这桩小事，难不倒咱！不是要国有企业嘛！咱可以挂靠呀！”“挂靠？这个不行，即便人家给你挂靠了，你也没有技术、人才和资金呀！”“我的好哥哥，您这些年坐机关，都给坐傻了！这事还不简单吗？我就是不挂靠，找一家国企，先帮他们中标，从中收一笔好处费。然后，再从中分几个标段，这钱不就来了吗？国企要的是名。我们要的是利。无利不起早嘛！”“我好像听明白了。”“表哥，您就把心放进肚子里。”就这样，在表弟的鼓动下，这两桩工程顺利地揽下了。孔开江不仅从中拿到上百万的好处费，还从中拿到几笔回扣，一共加起来近 200 万元。

“都是贪心害了我呀！真是有命贪钱，无命花钱呀！糊涂呀！”孔开江深有感触地说。

“老孔，你现在觉醒了，也不迟！你要相信组织，相信法律！”听到这里，钱江起身走到孔开江身旁安慰他。

孔开江连连点头，不语。

钱江顺手把放在桌上的电话拿到跟前，十分熟悉地拔了一串数字。电话一通，钱江就对着话筒，说：“是童林吗？我是钱江。请你马上到我办公室来一趟。”

“老孔，你看这样行吗？一会儿还让闵组长陪你一起，跟我们童主任先去谈话室，把你的事详详细细说清楚。至于后面怎么办，他们会提出意见建议的。你也别担心！我们一定会按政策、法律办事的。”钱江用一种商量的口吻说。

“好的，好的！请钱书记放心！我一定好好地配合组织上对我的调查、审查。”孔开江一再表态。

说话这工夫，市纪委三室主任童林进来了。钱江给他做了简短的交代。随后孔开江又提上大行李包，心情沉重地跟在童林和闵组长的后面，离开了钱江的办公室。

## 二十一

与此同时，对龚正龙、高凯、伍元秋等人的补充调查，也已结束。

龚正龙在环评中造假所收的 50 万元，确实将 40 万元当面给了汪伯仁。对此，汪伯仁供认不讳。

高凯在万博的授意下虚增收入2000万，并伙同万博等人私分公款60万元。这一点，万博也承认了。纪委和检察院也取得了大量原始证据。

而对赵一鸣、朱德贤的立案调查更是取得了突破性的进展。

冯副市长的内弟赵一鸣，是市电视台广告部主任。在调查组找其谈话时，他当场承认，是拿到过50万元，但这钱，是他的一位老同学给的一笔活动经费，而绝非是让他代转给他姐夫的所谓的润笔费。至于这位老同学叫啥名谁，为何要给他活动经费，是什么活动，他干脆来个死猪不怕开水烫，只字不说，一言不发，硬是扛了一整天，嘴里不停地叽咕这样几句话："我没犯法！你们无权扣留。钱是我同学给的，不算贪赃枉法！我跟他，就是最为纯洁的同学关系。我们既没有利益关系，更没有隶属关系，拿他的钱，不算犯法！"

最后，在调查组耐心细致的思想工作下，赵一鸣才说出了原委。原来这笔钱，是他在江湾县政府办公室当主任的同学——姜全民给他的。他的同学，想通过他，请他姐夫出面，帮着活动一下，看看能不能提个副县长。事情，就是这么简单。

据姜全民介绍，此款确实是时任县长魏德才让他付给冯文彬的润笔费。但当时他怕给冯副市长，被冯副市长当面拒绝，就突然想起自己的老同学赵一鸣，正好是冯副市长的内弟，何不通过赵一鸣转交给冯文彬？于是，姜全民就请赵一鸣出来小聚，顺便就把钱给了赵一鸣。当时，他们酒都喝多了，现场说了些什么，钱是怎么给赵一鸣的，自己实在想不起来了。不过，第二天，赵一鸣打电话给他，一再追问这50万元是咋回事，姜全民说，他连想都没想，就脱口而出对赵一鸣说："这钱，是我自己的，是想请老同学帮我，找找你的姐夫，看看能不能帮我活动活动，提个副县长。”赵一鸣也在电话里答应了，并承诺，如活动不成，钱完璧归赵，如数奉还。

调查组在与姜全民谈话中反复问他，为什么说钱是自己的，而不是县政府给冯文彬的润笔费？姜全民说，自己也是一时糊涂，一时私欲膨胀，十分担心这层窗户纸日后给捅破，不好交代，但转念一想：这钱，只要给出去了，就行了！况且，这钱，一是自己没贪污；二是谁也不好当面去问冯副市长；三是送出的钱，能为自己办事，钱有所值！整个事情，就是这样的。是自己打小算盘，把自己给打进去了。

俩人的话，完全吻合。

调查组也找到冯文彬当面了解情况。冯文彬说自己是给江湾县政府画过一幅画，但绝对没收过一分钱。调查组还实地到县政府第一会议室查看，发现确实挂着冯文彬画的一幅山水画，并进行拍照。

至于朱德贤不光先后给诸怀贵在美国留学的儿子汇过三次款，共计 6000 美元，同时还利用职务之便，大搞权权交易、权钱交易。据调查组初步掌握的证据，朱德贤在医院购买医疗设备，收受的药品回扣就 300 多万元……

## 二十二

纪委召开常委会议，专门听取几个调查组对上述几个问题线索的调查情况的汇报。

几个调查组分别详细汇报了各自调查结果。当汇报到冯文彬并未收到过江湾县政府付给的那笔润笔费时，钱江的心情一下放松了许多。

可当听到朱德贤这个名字时，钱江心想这个名字怎么那么熟悉，好像在哪儿听过，却怎么也想不起来了。他清楚地记得在双规点主持召开的那次“四个限期”会诊会上就听到过这个名字。这个名字是退休的副市长诸怀贵腐败案的涉案人员之一，而且此人始终没有主动向组织说明这一问题。为此，自己还当场责成有关方面要好好调查一下此人呢！

今天怎么突然一听到这个名字，自己会有这样的反应？钱江顿感自己有点莫名其妙，他连忙低下头，顺手翻开调查组分发给每位参会人员印有“注意保密会后收回”小蓝章字样的厚厚一沓会议材料，从中抽出一张“江城市党员领导干部登记表”看了起来：“姓名：朱德贤，性别：男，文化程度：大学，出生年月：1963 年 7 月，籍贯：江城，出生地：江城市江湾县朱大郢，职务：江城市第二人民医院院长……”

看着，看着……钱江突然想起自己的爱人朱慧，经常在他耳边提起这个名字。朱德贤是朱慧二伯父的三儿子，倒不是朱德贤跟朱慧平常走得有多近，他们平时基本上没有多少往来，关键是朱德贤父亲是朱慧一家的大恩人……

不会，绝对不会有那么巧的事。这个念头一出现，钱江马上就打消了。天下同名同姓的人太多了，不会有那么巧的事让自己赶上了，就算是他是自己爱人的远房堂兄，又怎么样呢？王子犯法与庶民同罪，更何况……

顿时，钱江紧锁的眉头渐渐舒展开了。

会整整开了一下午。

会议做出决定，给龚正龙警告处分；对高凯予以严重警告，行政职务由副处实职，降为副处虚职；基于伍元秋认错态度好，又在第一时间主动说明问题，第一时间主动退缴赃款，予以批评教育。而班子其他5人虽口口声声称当时拿这5万元，一直以为是单位发的奖金，态度不仅不端正，而且还查出副总经理孙振海、朱珊珊等人存在其他严重违纪违法事情。三人经反复教育之后，承认错误，退出赃款，决定给予留党察看一年，从副处级干部，降为副科级科员；对孙振海、朱珊珊两人采取双规强制措施。万博，交由检察院合并处理。

会上还决定，对朱德贤、姜全民采取双规强制措施；对赵一鸣的问题，交驻市委宣传部纪检组继续核查。

## 二十三

钱江十分疲惫地回到临时租住的房子，刚到楼下，就看到自己租的房子的灯亮着，他纳闷了：明明走时，关着灯呀！是不是家里进了小偷？不可能呀！小偷进屋也没有那么大的胆子，开着灯去偷呀？那是不是自己走错了地方？这几乎没有任何可能性呀，要不然就是房东来收房租，也不会呀，每月我都是通过银行直接转账呀……这也不是，那也不是，那是啥状况？

为了尽快拉直心中的大问号，钱江三步并成了两步，一口气爬到了4楼，连忙掏出钥匙。

“吱呀——”门开了。

钱江傻眼了：怎么客厅还坐着一个陌生的男人？厨房怎么还传出嗞啦嗞啦的炒菜声呀？

钱江愣了，一定是自己开错了门。

“是姑爷吧！”那个陌生男人站起，笑嘻嘻地说。

“你是？”

“是钱江回来了吗？”从厨房传出一个女人的声音，钱江一听，这声音太熟悉了。

“朱慧，你是什么时候来的呀，怎么连个招呼都没打？”

“嗨！我回自己的家，还要跟谁请示呀！”这时，只见一位漂亮少妇身系围裙，上身穿的是紫罗兰绒线衣，高鼻梁，大眼睛，或许是被火烤的，圆圆的脸红扑扑的，就像是刚从树上摘下来的红苹果似的，端着一盘热气腾腾的菜，从厨房走了出来。

“朱慧，你休息一会儿！还有什么没炒好的菜，我来……”钱江看到家里突然冒出一个陌生男人，显得十分尴尬，坐不是，站也不是，一时不知所措了。

“得了，得了！啥事也不用你做。这位就是我经常跟你提到的堂兄，叫朱德贤，在江城第二人民医院当院长。他可是江城外科第一把刀！你回来得正好，正好陪德贤堂兄说说话，我还有一个菜没炒好。”朱慧说着转身就往厨房走去。

“小妹，跟妹夫第一次见面，你就别讽刺哥哥是什么一把刀！姑爷……早就听说你到……我们这儿来当领导了，不敢冒昧地……今天小妹回来……我才敢来，太唐突了……”朱德贤语无伦次地说。

“德贤兄的名字，早就如雷贯耳了，尤其是外科，堪称江城第一……”钱江并不擅长恭维别人，可今天不知咋地居然出口就来。

“妹夫，都是自家兄弟，可不能和小妹一样挖苦哥哥。”朱德贤的脸一下子红了，显得很不自在。

“德贤兄，你先坐一会儿，我去洗把脸，一会儿来陪。”钱江笑了笑，说。

“好的，好的，你也忙了一天。”

没等朱德贤把话说完，钱江连忙放下手中的公文包，走进洗漱间，拧开自来水龙头，“哗啦，哗啦——”。

怎么今天一小时前刚研究过朱德贤的问题，现在就在家里见到了他，难倒是走漏了什么风声？难道纪委没保密好吗？更奇怪的是朱慧早不来晚不来，偏偏又在这时候出现了？能有这么奇巧的事吗……

钱江心中的问号不但没拉直，反而更大了，心中就像一团乱麻，理也理不开……

“钱江，钱江！我炒个菜的工夫，你又跑哪儿去了？”朱慧的声音从客厅传来。

钱江笑呵呵地从洗漱间走了出来。

“来！堂哥难得来一次，你好好陪哥喝几杯！”朱慧一边倒酒，一边对钱江说。

“好的，好的！来，哥，我们干一杯！”钱江一边说，一边端起酒杯，一饮而尽。

就在面对面地喝酒这工夫，钱江才开始打量眼前这位男子。他身穿一身休闲装，乌黑的头发，还有些自然卷，白白净净的脸膛上戴着一副宽金边的眼镜，显得十分文静儒雅，一看就是一个饱读诗书、满腹经纶的人。

# 二十四

送走朱德贤后，朱慧连厨房还没顾得及收拾，就像是审犯人似的，开始审起了钱江。

“钱江，你老实告诉我，堂哥是不是犯啥事了？”

“没有！”

“没有？不可能！我们夫妻二十几年了，你不说话，我一看你的表情，就知道了！”

“真的没有！”

“绝对不可能！你我是夫妻，有什么话，还得藏着掖着？”

“我来江城才多久呀？就是有什么事，也没人会告诉我！”

“不对！我怎么听堂哥给我打电话说，好像前段时间，有几个来头不小的，到他们医院去……”

“你就别疑神疑鬼的了！”

“你别打岔！这些人，是不是你派去的？”

“真的，不知道！”

“钱江，你看着我……”

“看着你，又咋的啦？”钱江心里马上明白了，这朱德贤一定是真的有事！要不然也不会大老远来搬救兵。

“钱江，我相信你！如果堂哥真的有什么事，你在市里当领导，能帮一点，帮一点，就帮不上忙，人家也不会怪咱们！咱们可千万不能做知恩不报、恩将仇报的缺德事！”

“我的夫人大人，你的话，我全记住了！”

朱慧这会儿才想起去厨房清洗锅碗瓢盆。钱江也没闲着，也忙着去拖地……

晚上，夫妻俩一躺到床上，朱慧又开始跟钱江讲起了关于她娘家的故事。

话还得从三年困难时期说起。朱慧父亲虽在部队当干部但却一点点都照顾不到家，母亲就带着两个孩子在省城生活。那年月，粮食十分匮乏。朱慧有个远房伯父了解到城里买粮食困难，怕朱慧一家在城里挨饿，就经常托人从老家给远房这个弟媳捎些地瓜干、土豆、竹笋之类的山货，帮助朱慧一家渡过难关。

1968 年，朱慧父亲从部队转业回省城工作，后因保护知识分子，而被迫带领全家一起下放，回到阔别十几年的老家江湾朱大郢。

这年，朱慧才 3 岁。

朱慧经常唠叨说，朱大郢，全郢都是一个家族的，全姓朱。尽管朱慧父亲在郢里还有比较亲的叔伯，还有堂兄堂弟，但只有朱德贤一家跟他们一家最亲。朱慧父亲和朱德贤父亲是供一个太爷爷。就是说，到了朱慧父辈这一代，已是四服；到了朱慧与朱德贤这一代，正好是五服。五服之内，还是有血缘关系的。朱慧一家一回老家，就深受朱德贤一家无微不至的照顾。那时，朱德贤的父亲是生产队队长，就常常派些轻活让朱慧父母做。1978 年，朱慧父亲落实政策，才带着一家回到省城。自那时起，父母每年都要回郢看望这位远房的老哥哥……

钱江呢，耳朵都听出老茧了，但不敢打断她的话，怕一打断，她又会没完没了地问东问西，干脆假装打起了呼噜……

# 二十五

第二天清晨，钱江夫妇俩一吃完早餐，钱江就通过手机叫了一辆网约车，送朱慧去了高铁站。

临分别时，朱慧还不忘一再嘱咐钱江："如果堂哥真的有什么事，咱们一定要千方百计地帮忙。哪怕只有零点零一的希望，也要做出百分之百的努力。"

钱江也满口答应了。

朱慧一通过了安检门，很快就随着人流走远了。钱江望着朱慧远去的背影，暗暗地在心里说："对不起了，这个忙，我不是不帮，而是实在帮不了！要怪你就……"钱江还站在原地发愣。

"师傅，人都走远了，你还走吗？"这时，网约车司机一句话让愣头愣脑地傻站着的钱江回过神来了。

钱江只是"嗯"了一声，就一头钻进车子。车一溜烟地离开落客平台，挤进了滚滚车流中。

钱江回到市委大院后，没有直接去办公室，而是去了市委书记那儿。一见书记，他就把对朱德贤实施双规的情况向市委书记汇报了。

听着，听着，市委书记感觉有些不对劲儿，就打断了钱江的话，说："钱江同志，你今天咋的？过去你们纪委对市管干部采取啥措施，都是会前你先来跟我沟通，然后再上市委常委会。朱德贤就是一个正科级院长，完全是你们直接可以决定的事。今儿怎么先来给我说这件事呀？"

"书记，是这样的！我爱人和他是亲戚关系，我给您汇报，是想……征求一下您的意见。从工作的角度讲，我还是回避一下为妥。”钱江停了停，又说。

接着，钱江把朱德贤一家与朱慧一家的关系详细说了一遍，又告诉市委书记，朱慧听到风吹草动，昨天专程赶来了。

“哈哈，我还以为什么大不了的事呢！原来是家里那位一把手亲自来给你施压了呀！我相信你，能顶住这个压力！”

“压力肯定能顶住！我只是想回避。”

“你是纪委书记，你咋回避？”

“我们纪委有分管副书记，我想如果此案遇上啥难题，由分管副书记直接向您请示汇报。这个案子，我就不过问了。您看这样，行吗？”

“这……也行！”市委书记想了想，就点头答应了。

一回到办公室，钱江立即把常务副书记王成和分管双规工作的副书记喊来，商量对朱德贤采取双规的方案，并把刚才跟市委书记说的话又重新说了一遍。钱江一再嘱咐他俩遇事先商量，搞不定的问题，直接向市委书记请示，自己将置身事外，不打听，不过问调查审查的任何情况。

## 二十六

几天后，市纪委网站公布了“江城市第二人民医院院长朱德贤被双规”的信息。

信息发布不到两分钟，朱慧就从省城打来了电话，把钱江骂得狗血淋头。

尽管钱江一再向朱慧解释道歉，但手机里传来的却是一阵阵的哭声和责骂声。两种声音交织在一起，很难听出朱慧在电话里到底说了些啥。不过，有几句，钱江是听得真真切切。

“钱江，你就是个混蛋！你就是个大骗子！呜——呜——你亲口答应我的事，你出尔反尔！你就是一个小人！呜——呜——你把我的脸丢尽了，呜——呜——你让我以后怎么回老家！呜——呜——我没法和你过了，我要和你离婚！呜——呜——”

钱江现在说什么，她都不会听进去，她再也不想听钱江的任何辩解。此时此刻，钱江任何话对她来说都是狡辩，都是谎言，都是鬼话。钱江十分理解妻子此刻的心情，他把手机紧紧贴在耳朵上，一言不发地耐心地听着手机那端传来的责骂声和哭泣声……不知通话通了多长时间，晚上钱江躺在床上，两眼直勾勾地盯着天花板，脑海里就像是在放电影似的，反复出现妻子痛苦的样子……妻子的哭泣声和责骂声，也一直在耳边回响。

钱江心里明白，这回是彻底把妻子给伤害了。他不知道用什么办法才能抹平对妻子心灵与情感上的伤害。钱江躺在床上彻夜难眠。

也不知过了多久，东方的一轮红日已高高升起。

钱江一看手表，已是上午 7 :30 了，他赶紧起床，一路小跑，下了 4 楼。接他的车子，早已在楼前等候他了，他二话没说，就上了车。

一连几天，钱江拨妻子的手机，不是关机，就是响几声被挂断了。无奈之下，钱江只好给女儿打个电话问问情况。女儿告诉他，这几天妈妈好像心情不好，一直在生什么人的气，深夜一个人常躲在被窝里哭哭啼啼的。女儿说，她问妈妈为何心情不好？妈妈总是凶巴巴地看着她说，大人的事，小孩子别管！女儿说，爸爸，您是不是跟妈妈吵架了？

“傻丫头，别乱猜了！你爸，是那样的人嘛！丫头，爸不和你说话了，爸这边来人了，在家一定要听你妈妈的话啊！”钱江十分温情地对女儿说。

“嗯——”

“是和女儿通话吧！”王成走进办公室。

“是的！请坐。”

“钱书记，有件事，不知道怎么跟您讲！”王成还没坐下，就冷不丁来上这一句。

“啥事？”

“是关于朱德贤……”

“打住，打住！我不是交代过你们嘛，凡是和朱德贤案件有关的事，你们一个字都别向我透露。”

“这和案件本身并没有多大的关系。”

“那你也别说。”

# 二十七

钱江坐在办公桌前，随手拿出一张报纸，看了几眼，然后一抬头，看王成还没离开，就说：“我说老王呀！不是叫你们在我面前，不要提任何关于朱德贤的信息嘛！你怎么一点原则性都不讲呀。”

“钱书记，我是想告诉你，朱德贤的母亲好像快不行了。”

“怎么会发生这样的事呀？你们的预案是怎么做的呀？难道你们……”钱江一听到这消息，一下子就从椅子上蹿了起来，情绪十分激动。

“钱书记，您别激动。”

“我能不激动吗？”

“钱书记，您听我把话说完。”

“有什么好说的！现在出了人命。”

“这出人命的事，跟我们纪委一点点都不沾边。”

“不沾边？”

“是的！今天我们专案组的同志去朱德贤的老家，本来想去他家取回赃款做物证，可一进他家门，就看到他 81 岁的老母亲躺在床上快不行了，什么没敢说，什么也没敢做。去的同志还算是精明的，都说他们是朱德贤的同事，正好下乡来巡诊，恰好路过朱院长家，就顺路来看看他的父母。”

“人家信吗？”

“应当信吧！”

“什么叫应当信，现在网络那么发达，别说是朱大郢，现在只要在任何一个地方发生什么事，立马全球都知道了。”

“我听回来的人告诉我，全郢都是老人、妇女和一些孩子。我们去的同志中正好有一名医生，也带着药箱，没想到，派上用场了，给老人进行了现场急救，并把老人立即送到了县医院。”

“老人家是什么病？”钱江关切地问。

“据回来的那位医生说，是心脏病突发。她还说，由于老人体质比较弱，恐怕难挺过去。”

“噢，原来是这样的呀！老王，对不起了，刚才太激动了，别怪我呀。”

“怎么会呢！刚才我一听到这消息，比你还激动，把他们好好骂了一阵儿，后来才知道事情的原委。”

“错怪你们了，先不说这事了！对了，老王，你先给医院打个电话，叫医院一定要派最好的医生抢救老人。”

“钱书记，放心，我已安排过了。”

“谢谢，谢谢！我现在就去趟医院，有什么事，给我打电话。老人不仅是朱德贤的母亲，也是我的伯母。我做晚辈的，得赶紧去医院，看看能不能帮上什么忙！这‘家’就交给你了。”钱江边说，边离开了办公室。

一到医院，钱江是忙前忙后，一会儿去宽慰守在急救室门前的老伯，一会去询问抢救情况。医疗费不够，他又赶到楼下去缴费……当老人脱离危险，从急救室推进病房时，老伯这才想起来问眼前这位一直忙个不停的中年人是谁。

“伯父，我是朱慧的丈夫，叫钱江！”钱江回答说。

“噢，你就是我那个在市里当啥书记的侄女婿！”伯父一听，上前紧紧地拉着钱江的手，激动地说。

“是的，是的！”

“孩子呀！今天多亏了你！让你受累了呀！”

“伯父，咱们都是一家人，没有什么受累不受累的！”

“你伯母，身体一向不好！今个突然发病，正好德贤他们医院下乡巡诊，给遇上……送到医院时，医生对我说，幸亏送来及时，要是晚一点，人就没了。”

“伯父，现在伯母已没事了，您老到现在都还没吃饭。一会儿，我下去给您买点吃的。”钱江一听这话，知道王成讲的是真话。老人家到目前为止，是真的还不知道朱德贤的事。

伯父连连摇头，说不饿，也吃不下。

# 二十八

说话间，已过了子夜时分。

钱江赶紧从值班护士那租了两张小折叠床和伯父就在伯母的病床边躺下了。

“对了，侄女婿，今天走得匆忙，没带钱，你帮垫的钱，等德贤来了，我叫他还给你。”伯父又爬起来，走到钱江床头，说。

“伯父，不说这事。说钱，就显得生分了！先睡吧。”

“好的，好的。”伯父连连点头。

见此情景，钱江心里犯难了：这事，到底还能瞒多久啊！嗨，瞒一天，算一天。

这一夜，钱江怎么也没睡着，一会儿起来给伯母盖盖被褥，一会儿起来看看吊水吊了多少，一会儿又蹑手蹑脚地去喊护士来换吊水。

天刚亮，钱江就出去买回早点，悄悄放到病床前；又转身拎着水瓶，拿着脸盘，打来开水……这一切，老伯都看在眼里，记在心上：多好的侄女婿呀！就是自己亲生儿子在这儿，也不过如此！

老伯起床了，一把把钱江拉出病房，站在走道上，说：“孩子，辛苦你啦！你是公家的人，赶紧走吧！别在这侍候我们两个老人了，误了你的正事。”

“伯父，那我先去上班……对了，我手上还有点零钱，您先拿着，以防急用。等晚上我来再带点。”钱江边说边掏出一沓钱，往老伯手上一塞。

“这怎么行呢！”

“伯父，您老还跟我们这些做晚辈的客气啥！再说出门在外，没钱哪行呀！”

“嗯，嗯——”

钱江离开医院后，一直忐忑不安，放心不下，心想：两个80多岁的老人在医院，万一再出什么闪失，就不好了……他越想越感到不安，老伯的子女，他只知道朱德贤一个。现在朱德贤被双规，朱德贤的其他兄弟姊妹，他是一个不知道，这咋办？

他赶忙拨通了朱慧的手机，手机里传出一个年轻女子温馨的声音：“你拨的号码不在服务区，请稍后再拨。”钱江一听这声音，知道朱慧是把自己拉进了黑名单。这回，她真的生气了！

无奈，钱江只好给岳父打电话，告诉这边的情况，请岳父出面联系老伯的其他子女，还一再嘱咐岳父，老伯和伯母现在还都不知道朱德贤的事，去医院护理的人千万不能在二位老人跟前提这档子事。

岳父满口答应了。这下，钱江才把心放下。

刚到傍晚，钱江又来到了医院，一进病房，就见岳父、岳母、朱慧，还有两个不熟悉的人都围在病床前和伯母在说话。老伯一见钱江来了，就上前一把把钱江拉到病床前，对靠在床沿上的老伴说：“这就是大兄弟家的女婿，叫钱江。昨晚多亏侄女婿，折腾了一宿没睡，要不是有他，我这把老骨头可是折腾不起呀！”

“大哥，瞧您说的！都是一家人，小辈忙点都是应该的。”钱江岳父说。

“他这叫猫哭耗子假慈悲……”朱慧一见钱江，气势汹汹地说。

“慧儿，你都老大不小的了！还跟三岁小孩子似的，有你这么说话的吗？”老伯毫不客气地说。

“大哥，别管他们！他们一见面，就这样。”岳父一边冲着朱慧和钱江使眼色一边说。

朱慧和钱江都不吭声了。

“慧儿，钱江，你们姊妹几个好不容易聚齐。你俩现在去街上，找家饭店，点上几个菜，我们一会儿就去。”岳父说。

“好的，好的！”钱江一把拉过朱慧就往外走。朱慧挣了几下没挣脱，只好硬着头皮与钱江并肩走出了病房。

这时，岳父也跟了出来，把朱慧叫到楼道边狠狠地训斥起了朱慧。

## 二十九

半个月后的一天下午，专案组送来两份公文送审稿，请钱江审签。一份是关于开除朱德贤党籍、公职的决定；另一份则是关于将朱德贤移送司法机关处置的决定。

经查，朱德贤严重违纪违法事实如下：一、2009 年至 2015 年，朱德贤接受住院部、门诊部等下设部门单位以“奖金”“过节费”“加班费”等名义送的礼金共计 10.3 万元，收受病人和特定关系人的红包达 21 万元；二、2010 年至 2016 年，朱德贤利用职务之便，在采购医疗器材、药品，以及基建等方面，收受供应商、药品代理商、施工方的“回扣”共计 320 万元；三、2010 年至 2016 年，朱德贤利用职务便利，通过在单位报销个人消费的方式，侵占公共财物达 21 万元；四、2012 年至 2016 年，朱德贤利用职务之便，分别向诸怀贵之子诸 ××，市卫健委党组书记、主任宋和平，党组成员、副主任陈磊等人行贿共 37.5 万元……

朱德贤身为党员领导干部，严重违反组织纪律，把个人凌驾组织之上，大搞一言堂，并以会签方式代替集体研究决策程序；同时还对抗组织调查，转移、隐藏非法所得财物。朱德贤在双规期间，能检举他人，有重大立功表现……

这一行行文字，一映入眼帘，钱江顿感十分痛心与惋惜：原本是一个多么有出息的人，偏偏走歪路，误入歧途，毁了锦绣前程，也毁了幸福家庭。

钱江一边叹惜，一边提笔分别在两份公文上写下了这样一行字："拟同意，请提交纪委常委会讨论。"并署上自己的姓名和年月日。

很快，关于开除朱德贤党籍、公职的决定就通过纪委网站对外发布了。

发布当天，钱江请了一天假，从市场上买了些营养品，往车座位上一放，调整调整座椅，系好安全带，脚一踏下油门，车就驶出了市委大院。

钱江想：这回自己得去一趟江湾县朱大郢，亲口对伯父、伯母，说说堂兄的事，以赢得两位老人的谅解。

不知不觉一个小时过去了，车也进入了江湾，但往朱大郢怎么走，钱江并不知道。他和朱慧结婚二十多年，从未到过朱慧老家。他把车停到路边，掏出手机，在导航界面上输入"江湾朱大郢"字样，导航开始了，他按照导航规划的路线继续行驶。

又一个小时过去了，车在一个深藏在大山里的小村庄前停下了。钱江拎着营养品走下了车，刚想开口打听伯父家住在哪儿，一个熟悉的身影从眼前闪过。他赶紧跟上，情不自禁地大声喊："朱慧！朱慧……"

"你怎么来了！"朱慧扭过头一看到他气就不打一处来，没有好脸色地说。

“我是专程来看望伯父和伯母的！”

“是来赔礼道歉的吧？”

“也可以这么说。”

“赔礼，有什么用！人都让你们给抓进去了，还有什么礼好赔的！现在来做好人呀，迟了！”

## 三十

说话间，钱江夫妻俩一前一后就进了屋。

“老头子！朱慧两口子来了。”正在堂屋扫地的伯母最先发现他俩，就冲里屋喊。

“伯母，身体好了吗？”

“好了，好了！全亏你手下几个人，要不然，伯母就见不到姑爷了。”伯母笑容满面地对钱江说。

“小两口一起来接你爸妈回去吗？”伯父也从屋里出来了。

“嗯，嗯！”朱慧连连点头。

“伯父，伯母，我对不起你们二老！德贤哥的事，我没能……”钱江有些愧疚地说。

“孩子，千万别这么说！你要是这么说……可是折杀我们老两口啦！孩子，事情经过，我们都清楚了……没想到，我们老朱家出了这样一个孽障！”伯父说着说着情绪有些激动了。

“大伯，别说这些不高兴的事了，伤害了身体可就划不来了。”

朱慧赶忙上前扶着伯父，劝说着。

“慧儿，你可不能再为那个不争气的败类跟钱江怄气了！为了他，伤了你们俩的和气，不值！”伯母也在一旁插话道。

“伯母，知道了！”朱慧冲着伯母笑着说。

“慧儿，你去你三叔家把你爸妈叫回来吃午饭了。”伯父说。

饭后，朱慧、岳父母一起搭钱江的车子离开了朱大郢。

路上，岳父告诉钱江，他们就担心德贤父母知道德贤的事，想不开，怕出什么意外，上次来，就没敢回去，一直在这儿陪着。

“也就是上个礼拜二，你们的人一来，就从院墙边的那个茅房墙根底下一个坑里挖出三个用塑料袋裹着里三层外三层的小包，打开一看，足足有300万。你们的人说，这钱都是朱德贤藏这儿的。说他怕把钱存到银行或放在自己家里容易暴露，就偷偷回农村老家藏了起来。当时，我们一看，都傻眼了！你说，他要那么多钱干啥？生不带来，死不带去。”岳父说着。

“亏堂兄他还能想出这一臭招！他就不怕钱藏在那儿生虫、腐烂吗？让老鼠给啃了吗？”朱慧打断了父亲的话，说。

“你知道你堂兄是干啥的吗？他可是医生！这点点常识，他还能不懂！据我们专案组的同志介绍，为了防湿、防虫、防鼠，他还在坑里放了除湿剂、防虫剂和防鼠药，而且每隔半年回去换一次药剂。”钱江接过话茬，说。

“这孩子，从小就很聪明！可惜了，他要是把这聪明劲用在正道上，那该有多好呀！”岳母感叹地说。

“就在那天，上次救伯母的医生也来了，伯父一眼就认出了她，问她是哪儿的医生。那人说，当时一看你伯母病情危险，怕说了真话，伯母一受刺激，就编了谎言。多么善良的一些人呀！你伯父、伯母一听，啥都明白了。他们都是明辨是非的人，都是通情达理的人！不像我家慧儿。这呀，都是让我和你妈给惯坏了。”

“爸！你说着，说着，怎么说起了我呀？”

“不说你，还能说谁呀！什么事都做不了，就会胡搅蛮缠。”

“爸！女儿知错了，行了吧！”

车厢内，老少两代人有说有笑。

## 三十一

这段时间，市卫健委党组书记、主任宋和平好像患上啥病了，整天焦虑不安，精神恍惚，开会时讲着讲着，不是突然断电，就是突然跑偏，与人谈话时常前言不搭后语，前面说的后面又忘了，一句话、一件事说来说去的。

更让人啼笑皆非的是，前天下午召开委主任办公会，委机关相关科室提交五个议题，需经办公会研究，第一个议题刚陈述了一半，宋主任却呼呼地睡着了，弄得汇报者继续讲也不是，不讲也不是。继续讲吧，主任睡了，一怕吵醒他，二怕他睡着没听见，一会儿不好拍板。汇报者正左右为难时，一位资深的副主任就忍不住用手捅了捅宋主任，主任一下惊醒了。

宋和平看了看大家，就说：“刚才，同志们的意见，讲得都很好！我完全赞成！还有没有同志要补充的？没有补充的……”他突然说出这番话，一下弄得参会的人丈二和尚摸不着头脑，都不知他是啥意思。大家都愣头愣脑地你看我，我看你，不知说啥才好。宋和平一见大家都不说话，又说：“既然大家都没意见，这件事就这么定了，散会！”说完话，从桌上拿起茶杯和笔记本就要起身离开会场。

这时，办公室主任走到宋和平面前，贴在他耳边说了几句。宋和的平脸“唰——”地一会儿红，一会儿铁青的，一脸不高兴地冲着办公室主任大发雷霆：“你是主任，还是我是主任？我说散会，就散会！”说完，扬长而去。

见此情景，在场的人全傻了。有人私下说宋主任是不是已到了更年期。也有人猜疑宋主任这段时间有些神经兮兮的，是不是得了神经病。更多的人发现宋主任这段时间突然瘦了许多，头发仿佛也在一夜之间白了许多，昔日笑容满面的脸也变成一副苦瓜脸，就像是谁欠他债一般……

委里上上下下多半是学医出身的，眼前这位熟悉而又陌生的主任到底是得了啥病，谁也没有说出个子丑寅卯。有好心的同事就劝宋和平去医院好好看看。也有胆子大点的同事半开玩笑地对他说：“宋主任，您的身体健康不仅仅是自己的，更是我们全委上下的！您可要为我们大伙儿多注意自己的身体呀！”

宋和平面对这些，总是带着一副苦笑无奈的神情，说：“只是工作压力太，晚上睡不好觉，可能是神经有些衰弱，没有什么大不了的。”

大家哪儿知晓，朱德贤被双规这一个多月以来，宋和平过的是一个什么样的日子，成天就像热锅上的蚂蚁，吃不香，睡不下。只要是一看到陌生人进出办公楼，宋和平就害怕是纪委上门来找他了。偶尔看到几个人在办公室嘀嘀咕咕的，宋和平也会疑神疑鬼地悄悄地凑上去偷听一下，看看这些人是不是背地里在议论自己。有时一听到屋外传来警笛声，他吓得直打哆嗦，生怕是检察院开着警车来抓他。他就连晚上睡觉也是经常从噩梦中惊醒，大汗淋淋，脸如白纸，咋也睡不着觉。

这些都还不算啥，据某个消息灵通人士透露：有次，宋和平在外面上洗手间，还跑到女洗手间去了。结果被一个胖胖乎乎的女子硬是把他扭送到派出所，非说他要流氓。他脸上那块伤疤，就是被那个女人给抓的。宋和平一到派出所，就一个劲地喊冤叫屈，说自己不是耍流氓，而是在思考问题，思考入迷了，才误入女洗手间的。值班民警很聪明，在了解和核实宋和平的身份后，二话没说，就把他给放了。

宋和平这回真的病得不轻，时常一个人躲在办公室发愣，两眼直勾勾盯着天花板。要是没有人来打扰，他至少能盯着天花板看上一两个小时。有时他还一个人躲在墙角里，暗自抹眼泪，嘴里不停地骂着："女人，是祸水啊！"

## 三十二

宋和平嘴里骂的那个女人，不是别人，正是他的爱人，叫费文静，堪称"卫健委编外组织部长"。

费文静也曾是一个热心肠的人，原先是江城三中的教导处主任。她有几个学生在市卫生系统工作，自己的丈夫是卫健委主任，自然少不了在丈夫耳边吹吹枕头风，帮这几个学生在丈夫面前多说说好话。没想到这几个学生都不同程度地得到了关照，有的还受到提拔、重用。

几个学生当中，数常新卫跟她走得最近。常新卫上高中时，费文静是他的班主任。但对费文静来说，她对常新卫是一点点印象也没有。你想呀，一个老师每年带那么多学生，一二十年下来，少说也有上千名学生，老师就是记性再好，也不过只能记得一些她教过的学生当中的冒尖学生或调皮捣蛋的学生，中不溜的，老师是很难记得的。

费文静还是在前十年的一次学生聚会中，知道她曾经当过常新卫的班主任。常新卫现在江城第一人民医院当内科医生。常新卫当时并不知道眼前的这位班主任就是市卫主任的夫人，只是为了答谢师恩，就隔三岔五地请费文静吃吃饭。有时病人给自己送点啥土特产，他一转手就给了老师。

人非草木，孰能无情，时间久了，费文静也就渐渐喜欢上这个老实巴交的学生了。在她眼里，这位学生一点不世故，平常也从不问老师的家庭情况，两人交往完完全全就是一种纯洁的师生情谊。

于是，费文静回家就经常在爱人面前夸常新卫人品如何如何地好。宋和平呢，那时虽只是一个副局长，但他和别的副局长不一样，他是分管人事的副局长。在局里，除了局长有特别交代，一般人事安排，基本上就他说了算。其他副局长要想安排一个人，在他眼只能算个“参考消息”，得找他好好商量。他要是高兴了，事就能成了一半；要是不高兴，就会有上千个理由，上千种说辞。

不过，宋和平有一点特别好，那就是特听爱人的话，爱人叫他朝东，他绝不会朝西，爱人的话，就是圣旨，算是典型的“惧内症”。既然爱人有交代，宋和平就会尽心尽力去办，没过多久，就将爱人的那位得意弟子提拔成副院长。

常新卫一听说，这次医院要提一个副院长。他扳着手指数了一遍又一遍，也没数上自己。但外面的人却议论开了，说这次提拔的副院长，就是他常新卫，而且说得是有鼻子有眼，说他上层有关系。对这点，他自然一点都不信。为啥呢，因为他有什么样的关系，只有他自己最清楚。他只有一个哥哥算是有头有脸的人物，可是他的哥哥在部队当个领导，手臂也没有那么长……

常新卫也不想自寻烦恼，别人说别人的，自己几斤几两，只有自己心中最有数，一切顺其自然。他越是既不肯定又不否定，人们越感觉他大有来头。

医院民主推荐一结束，常新卫的这位老师就打来电话问他，今天市卫生局人事部门有没有到医院去考察选拔干部？老师这一问，却把常新卫搞得一头雾水。老师咋消息那么灵通呀？老师还告别他，这次提拔的人就你常新卫。

常新卫这下更蒙了。

## 三十三

常新卫一当上副院长，知道是老师暗中帮忙，又知道老师的爱人就是卫生局分管人事的副局长，从此，与老师走得更近了。

其他几个在卫生系统的同学听说常新卫当上副院长，全靠费老师贵人帮忙，这几个同学也开始了感情投资，开始只是给费文静送些化妆品、衣服之类的，后来就变味了，改送金银首饰，再到后来干脆送钱。

费文静开始时不肯收学生的礼物，可后来半推半就接受了。在她看来，学生给老师送点啥，也没啥大惊小怪的，纯属师生间正常的人情往来。

可时间一长，就变味了。

费文静的胃口，也在这几个学生的“培养”下，变得越来越大，看钱办事，给多少钱，办多少事。这几个学生也都如愿以偿，从老师那得到了他们想要的东西。

费文静随着爱人官位的节节升高，收受礼品的价码自然也就渐渐地升高了，替人帮忙的圈子也就越来越大了。只要有人引荐，对方出手大方，她是能帮上忙的，一定去帮，算是有求必应。不管是提拔，评职称，还是医疗系统招考医生、护士……只要钱给得到位，她都会毫不犹豫地向爱人下道“圣旨”。

宋和平自然一点点不敢怠慢，会尽最大努力去完成爱人交办的差使。逐渐地，费文静编外“卫健委组织部长”的雅号就传开了。

有时，费文静不在江城，有些急着要找宋和平办事的人，都会千方百计地打听费文静的行踪。她就是去了天涯海角，那些急等着办事的人，也都会追到天涯海角。

据说，去年 9 月，市卫健委招考一名机关工作人员，有近百人报考这个职岗，考前 10 名进入复试，复试前 5 名进入面试。有位家长不知从哪儿打听到只有找到费文静才能摆平这件事，就四处托关系，找门路，想结识一下费文静。认识的人，却没有一个知道费文静是何许人士。

说江城大吧，也不大，有时上趟街，都能遇上好多熟人。说江城小吧，又不小，想找一个认识的人，一时半会儿的，还真就找不到。这下，差点都把那位家长给急疯了。

没想到，那位家长去隔壁邻居的王大姐家串门，意外地得知王大姐就是费文静从小的玩伴，而且两人一直有往来。这真是“有心栽花花不开，无心插柳柳成荫”。那位家长赶紧托王大姐陪着一起去找费文静，一去才知道，费文静到海南去旅游了，得七天之后才能回来。七天之后，复试名单早已张榜公布了。时间可是不等人呀！那位家长一听就心急火燎的，一再央求王大姐陪她一起去趟海南找人。王大姐一想，可怜天下父母心，再说自己也是看着那闺女长大的，孩子也挺优秀的，这次招考也是一次难得的机会，就陪着那位家长当天坐飞机飞到了海口，找到了费文静。

费文静一看是自己从小到大的好朋友，也没推辞就满口答应了，说试试看。可那位家长只是一个劲地说谢谢，其他啥意思也没有。费文静心想，这人一点都不上路子，光空嘴讲白话，想空手套白狼，世上没有这样办事的。但王大姐在场，又不好驳她面子，费文静就说，这次招考，要经过100∶1、10∶1、5∶1三轮的角逐，竞争十分激烈。委里又不是她爱人一个人能说了算，稍有不慎，就会身败名裂。

那位家长和王大姐一听，也觉得颇有道理，就离开了。费文静自然还继续她的海南之旅。

## 三十四

没过几天，宋和平被纪委从办公室带走了。

费文静听到这消息，一下就瘫在地上了，号啕大哭……真是叫天，天不应；叫地，地不灵。她后悔莫及，她骂自己不是人，是她亲手把自己的爱人送进去的。

世上没有卖后悔药的，她骂自己为什么那么贪，要那么多钱干啥……她真悔呀！

一连几天，费文静是滴水未进，人也一下子苍老了许多。可是没过多久，学校派车来接她，说纪委的同志要找她去谈话。她一听是纪委要找她，吓得浑身发抖，话也说不出来了。前来接她的同事，一边安慰，一边把她架上了车。到了纪委双规点的谈话室，费文静不管纪委的人怎么问她，怎么劝她，她干脆来个死活不开口。从早晨9点进去，到晚上9点，她一句话也没说过。

无奈，纪委只好把她留下。一连三天，费文静除了开口吃饭喝水，就再也没开过口了。到了第四天下午5点，有位纪委的同志在两名英姿飒爽的女检察官的陪同下来到她面前说："组织上对你和你爱人贪腐的事已了如指掌，并掌握了确凿的证据，不然我们是绝对不会把你叫到这儿来，组织上给你一次改过自新的机会。你既然不珍惜，不配合调查，那么现在只好给你换个地方让你说了。"纪委的同志一说完，两名检察官就上前把她从房间里架走了。

费文静到了第二天心理防线一下就崩溃了。她不仅如实地交代是怎样利用爱人的职权收受各种钱物，还把上个月爱人感觉自己可能要出事，两人在家一起商量对策，统一口径，转移财产，销毁相关罪证的事也说了。她告诉检察官，那天她和爱人一起用剪刀剪碎了一鞋盒子的购物卡，具体卡里有多少钱，她自己也不清楚，卡剪碎了，就放进抽水马桶里，让水给冲走了。

费文静不光把她和家人的贪腐彻底地交代清楚了，还把自己在学校和同事一起私分小金库的事也一同交代了。

这真是拔出萝卜带出泥，得来全不费功夫。

据费文静交代，她们学校从她前任的教导处主任起就开始私下设有账外账。这些账上的资金主要是一些教辅发行的折扣、报刊征订的回扣，以及校服的返点，还有就是部分借读学生的赞助费，采购教学用具的虚开发票……具体数额，她一时也回忆不起来。这些钱，除了用于教导处节假日小范围地搞些小活动外，大部分都用来发内部福利了。

检察院根据费文静提供的线索，迅即调取和封存了学校教导处的小金库账目。发现9年时间，这一小金库共有720万元，其中有535.6万元已被私分或被挥霍。

检察院迅速立案侦查，立即批捕已退休两年的原教导处主任和两个直接责任人，并将此问题线索及时转交给驻市教育局纪检组查处。

## 三十五

市卫健委党组成员、副主任陈磊也在宋和平被双规的一周后被带走。

陈磊与宋和平虽在一个班子里，但在贪腐方面并无多少交叉，都是各收各的钱。陈磊的问题，主要发生在他担任江城第二人民医院院长期间。

10年前，陈磊是院长，朱德贤还是刚被提拔的副院长，在班子排名中，陈磊排第一，是班长的角色，朱德贤排最后。

在二院，陈磊就是一个土皇帝。全院上下，遇到他，基本上都绕道走。陈磊说一，没人敢说二。

那时，医院管理十分混乱，采购药品、引进设备，全不用招投标，就陈磊一人说了算。只要能把陈磊一人搞定，就能把所有人的嘴给堵住。因而药品代理商、设备供应商，天天都是围着陈磊一个人转。陈磊平时喜欢打高尔夫、网球、保龄球，那些代理商、供应商就争先恐后地把陈磊的活动安排得满满的，争着抢着为他买单。只要陈磊高兴了，销路就不愁了。

医院选人用人，谁也说不上话，陈磊说谁行，谁就行，不行也行！他要说谁不行，行也不行！

为何陈磊敢如此胆大妄为？据了解内幕的人说，他跟市委书记张大山的关系非同一般。民间也有很多版本。有的说陈磊的母亲姓张，他一定是市委书记的外甥。还有的说两家父辈是莫逆之交。也有的说陈磊的老婆是市委书记的小姨子。也有的说，陈磊靠花大钱才买通市委书记的关系。版本太多了，不知信哪个才好。

不过，陈磊和市委书记就是最为平常不过的普普通通的医患关系。

说起来也很巧，有天晚上，平常从不到病房查房的陈磊，不知哪根筋搭错了，突然想起来去查房。刚走到 11 楼的骨科病房前，就听到一阵呻吟声传来，陈磊就走进去一看，一位老太太躺在病床上，一条腿打着夹板被绷带悬在床上方铁栏杆上，十分痛苦。陈磊就问寒问暖。和老太太攀谈之中，陈磊听老太太说，她的儿子就是当下的市委书记。老太太是说者无意，而陈磊却是听者有心。打那以后，陈磊只要一有空就去看望老太太，每次去看老太太，手都不是空的，总是拎个保温瓶，给老太太送点骨头汤、鸡汤、鱼汤之类的。就这样，陈磊虽未与市委书记谋过面，但他的名字已让市委书记记下了。

那次，市委书记到卫生局去调研，局领导都在，他也就随口问了一下，市二院有个副院长，叫陈磊，这个人怎么样？局领导虽没几个认识陈磊的，但一听书记问，都是异口同声地说，这人不错，是一个优秀干部。

事情经过，也就这么简单。正好市委书记离开没有多久，二院的院长要退休了，自然陈磊就进入了组织部门的视线，阴错阳差地被提拔到院长岗位。

大家都认为，陈磊是市委书记张大山来局里钦点的。要不是市委书记钦点的，就是全院没啥人可用了，也轮不到他陈磊。

陈磊在医院上下口碑特别差，一是医疗技术差，二是医德也不怎么样……他的唯一的一个长处，就是长着一副奴才相，见人说人话，见鬼说鬼话。初次和他接触，你还认为此人热情、和气，可时间一久，就会发现此人奸诈，不可交也。

人人都感到十分纳闷的是，陈磊居然和市委书记攀上了关系。市委书记那么大的官，可以说是阅人无数，居然会看中这样一个人，还能为这等小人站台说话，真不可思议！

就是市委书记一句不经意的话，陈磊脱颖而出，当上了院长。

## 三十六

上面有人，不服不行。全院上下，只能忍气吞声，惹不起，还能躲不起吗?

陈磊当上院长，几次去市委想登门好好感谢一下书记。可是不是书记外出了，就是让书记的秘书给挡驾，就连几次想到书记家去拜访一下，都是吃了个闭门羹。

陈磊暗暗地在心里骂："这大官翻脸比翻书还要快！"可转眼一想，人家书记压根儿就不认识自己，不存在翻脸之事，况且还是对自己有恩之人。

陈磊，虽然一直没有见到过市委书记，但他去市委、去市委书记家的事，不知怎么传出去了，其中内情人们只知其一，不知其二，只要他不说，就没人知道。所以民间的传闻是越传越多，越传越悬乎……

陈磊要的就是这效果！陈磊的胆子变得越来越大，开始是吃拿卡要，后来发展到买官卖官，明码标价，为所欲为……

人家都说兔子不吃窝边草，而陈磊却偏偏只吃窝边草。他经常晚上去医院看看有没有漂亮的女医生、女护士在值班。如发现自己中意的女性，他绝不会放过，都会去找她们陪陪自己。据传闻，陈磊身边有五朵金花。

至于是哪五朵，谁也说不清楚。不过有三个人，人们猜得是八九不离十。外三科主任齐红，算是一个，因为这个科，是因她而设立的。一个是院财务科长王芳，应该也算是其中一个。因为她先前只是门诊收费处的收费员，被破格提拔的，并是敢在陈磊面前说“不”的唯一一个人。另一个就是门诊部护士长了。

其他两个是谁，都猜不出来。因为陈磊做这种事，非常隐蔽，不显山不漏水，做的是滴水不漏。没有捉奸捉双，是不能胡乱猜疑的，况且这又事关一个人的名节。

陈磊这人虽说人品官品都不行，但他很会做官，八面玲珑，很会来事。只要是上面的人，无论官级比他大，还是比他小，只要是个上级机关的，哪怕就是一个驾驶员来找他，他都会跑前跑后地把事办成、办好，因而深得上级的首肯。

陈磊的仕途也是一帆风顺，前年局里提个副局长，他也是顺顺当当地坐上了那个位子。张大山被批捕了，台倒了，陈磊还是稳坐钓鱼台。

细心的人也曾留意到，陈磊的言谈举止没有以前那么嚣张了，胆子也没以前那样大了，手伸得也没那么长了。那时风声鹤唳，陈磊确实有所收敛。据说，那时他也曾退掉一些钱物。纪检组的廉政账户上就有几笔钱是他退的。

陈磊在忏悔书上写道，自己的价值观发生严重扭曲。自己一直认为，替人办事，就应该拿钱。这钱是自己价值的体现。他还写道：自己拿钱，拿上了瘾，以至于后来反腐败力度那么大，自己还是边收边退，边退边收。他还说，就像狗吃屎一样，本性难移。不过，那时他也有所收敛，绝不收关系不近的人的钱，绝不收风险太大的钱，绝不收小打小闹的钱。

## 三十七

陈磊被带走的第二天一大早，王芳就来到了专案组，说是自己有重大情况要向专案组汇报。专案组热情地接待了她。

据王芳陈述，自己是2010年考入医院，并被分配到门诊部收费处工作，一直住医院单身公寓。2013年8月的一天晚上，自己从医院澡堂洗好澡，在回宿舍的路上遇到陈院长。陈院长一看自己是一个人，就说一个女孩子家走夜路不安全，非要送她回宿舍不可。自己见院长那么热情，又不好回绝。就这样，她的初夜就交给那位衣冠禽兽了。

打那以后，陈院长还经常约她去私会，她想自己的贞操都是让这个男人夺去了，对自己来说，和他发生关系，也只是多一次和少一次的关系。如果现在不从他，自己在医院的日子也不好过。就这样，她一直屈身于他的淫威之下。没想到的是，后来发现自己怀孕了，本想私下把胎儿打掉，不知陈院长怎么知道她已有身孕了，就坚持要她生下这个孩子，并给她买了一套房子，让她搬去住。王芳就在那生下了个男孩子。

这下，陈院长非常高兴，一有空就来照顾他们娘俩，也经常送点钱来让她花。儿子一周岁后，王芳感到在家歇着太无聊，就吵着要回医院上班。陈院长拗不过她，就同意了她回去上班，一上班才知道自己当上了财务科长。

昨天上班后，听说他被抓了，自己思想斗争了一夜，想来想去，还是来跟组织上把这一问题说清楚。

王芳说，陈磊这些年，在外都干些什么肮脏的事，平时与什么人交往，她从没过问过，更没参与过。当然他也从没在她面前提。这一点，在后来的陈磊交代中也得了证实。

王芳还说，她是做会计出身的，有一个好习惯，平时再忙，都会把每天的进账出账记下来。这几年，陈磊给自己的钱，共有52笔，累计加起来共275.3万元。这些钱干净不干净，她不清楚。现在钱、账本和房产证一起交给组织，自己会心安好受些。

王芳离开专案组后，就回医院办了辞职手续。至于她后来去了哪儿，又靠什么维生，没有人知道。

钱江听说这件事后，深感此女深明大义，但同时又为她这样一个弱女子，还要带着一个两三岁的孩子在外漂泊而担忧，立即叫专案组四处打听她的下落。

当钱江了解到王芳一人带着孩子在上海打两份工，不由得产生怜悯之心，就操起电话，托自己一位在上海一家民营当大老板的战友把王芳安顿到他的公司当员工。那位战友一听事情经过二话没说就答应了。

# 三十八

姜全民到双规点没几天，思想防线就彻底不攻自破了。

据姜全民交代，那50万元钱，赵一鸣连手都没过，就直接落在自己的手里。他已用这笔钱，以爱人的名义，在江城买了一套门面房。

那么，赵一鸣为啥会这么慷慨连一分钱都不要呢？又为啥如此配合姜全民私吞这笔本该给自己姐夫的钱呢？又为啥心甘情愿地去做伪证呢？这一连串的疑问，引起专案组的高度关注。

据姜全民交代，赵一鸣根本就不是一个大方的人，而是一个爱财如命的人，他俩虽是同学，更是利益互惠的同盟者。正因为共同的利益，才使得他俩的同学关系显得更铁、更牢固。

随后，姜全民交代了他在任乡长、乡党委书记、县政府办公室主任期间，是如何与赵一鸣合谋做的一些违纪违法的事。

姜全民说，他原先并不和赵一鸣有任何往来。十几年前，他还在县委办当办事员，一天，他去给县委副书记冯文彬送文件，突然，看到他这位多年不见的老同学赵一鸣，也在冯副书记办公室。他俩有说有笑，显得十分亲热。赵一鸣也毫不避讳地叫冯副书记为姐夫，并当场请他姐夫平时要多关照关照这个老同学。就这样，姜全民与赵一鸣毕业十几年后才第一次有了正式交往。

那时，赵一鸣在市电视台新闻中心专门负责“三农”报道，所以到江湾采访相对比较多，他俩见面自然也就多了起来。赵一鸣很有经济头脑，特别喜欢写些“软新闻”。所谓“软新闻”，就是采访某个单位或个人，人家得给好处费，类似于广告，但又不同于广告。做广告，花的钱要多，宣传效果又不太好；而“软新闻”就不同了，用新闻的语言去宣传人家，人家花的钱又少，宣传效果又比广告好上几百倍，甚至上千倍。

姜全民利用在县委办工作的便利条件，就隔三岔五地给赵一鸣拉一些有这方面需求的客户。再加上赵一鸣是冯副书记的内弟，有了这层特殊的关系，姜全民出面更加明目张胆，理直气壮了。

那时，他俩就有协议：每成一笔，七三分成。赵一鸣得七，姜全民得三。

那年月，万元户可了不得，而赵一鸣一年就能拿7万！姜全民一年光动动嘴皮，也能拿3万。

就这样，他俩干了有四年多，俩人关系也非常铁。为了能挣更多的钱，赵一鸣没少在他姐夫那儿替姜全民美言。姜全民在冯副书记的关照下，仕途上也是一帆风顺，先是下去当个副乡长，三年后又坐上乡长的位子，两年后又一跃当上了乡党委书记。

一当上乡长、书记，姜全民给赵一鸣介绍客户的兴趣自然而然就减退了，他不满足挣这小钱了……

## 三十九

姜全民既想当官，又想发大财。他认为只要有了权，就能发大财，权能生钱。同样，钱也能生权。县里给乡里下拨的任何一笔钱，他都要雁过拔毛……

三年前，已是县委书记的冯文彬要调到市里任副市长。姜全民一听到这个消息，赶紧找到赵一鸣，请他出面找他姐夫冯书记在离任前把他提拔到县里工作，最好是提一个副县长之类的职务，并当场给了赵一鸣20万元。

冯书记到市里任副市长都快半年了，还没下文。姜全民又急了，专门跑到市里问赵一鸣事情进展情况，赵一鸣夸下海口说："事情，基本有眉目了！你就安心回去，等着好消息吧！"谈话时，赵一鸣还神秘地向姜全民透露一个消息：为什么他姐夫走之前没把他的事一下办成，主要是因为副县长位置竞争太激烈了！现在至少有5个人都比他有竞争力。姜全民一听，心中盘算开了，赵一鸣说的，全是实情，确实有5个以上的人，无论是在资历、学历，还是能力、业绩上，都在他之上……

姜全民心想：已投资，现在放手，太不划算了！这叫舍不得孩子套不到狼，再放手一搏。一想到此，他立马跑到银行，又给赵一鸣取了50万元，作为活动经费。

一年之后，姜全民被调到县政府办当主任。这其中，是不是冯副市长起的作用，姜全民不得而知。冯副市长又在其中起了多大作用，姜全民更是不得而知了。姜全民总感觉，这回一定是让赵一鸣给涮了，自己不能这样吃个闷心亏！

于是，姜全民多次找到赵一鸣，要赵一鸣把他的钱退回来。赵一鸣一听就更不乐意了，说："哪有送出去东西再要回去这个道理呀！况且你托的事，人家也帮你办了呀！让你当上了政府办主任！"

"这个职位，对我来说，只是个平调！你没听说过嘛，宁做鸡头，不做凤尾。"姜全民愤愤不平地说。

"你虽是平调，但也算是重用呀！你当上这个主任，不是就等于进了副县长后备人选圈子吗？凡事都得一步步来，怎能一口吃个胖子吧？这就像我们到菜市场去买菜，怎得有个先来后到的吧！你一插队，后面的人能愿意？”赵一鸣滔滔不绝地说。

“我说不过你这个大记者。一鸣，要不然你退我 50 万，那 20 万，权当是你的个人花销。”姜全民继续讨价还价地说。

“行了，行了！我算是认识你！以后你别再找我办事了。这 50 万，我一有现钱，立马退给你。”

赵一鸣答应归答应，就是没有实际行动。

姜全民又不敢跟赵一鸣闹翻脸。他知道，赵一鸣后台很硬，不光有个当副市长的姐夫，听说刚来的市委纪委书记也是他姐夫的兄弟，就是借给他十个胆子，也不敢跟他闹翻脸呀！要是闹翻了，我姜全民吃不了兜着走。说不定哪天犯事了，还得仰仗赵一鸣去我帮着摆平，凡事都得给自己留条后路。

一想到这儿，姜全民不敢死盯着赵一鸣要钱了。

这不，正好县政府要给冯副市长 50 万元润笔费，恰恰又叫姜全民转交。姜全民心想，机会从天降！就找到赵一鸣说：“正好你欠我 50 万，这 50 万我就不给你了！权当是你还我的。”

赵一鸣一听，钱又不要自己掏腰包，那先前的 50 万算是自己白拿！这个 50 万我就是要，他也不会给，不如做个顺水人情。赵一鸣二话没说，就满口答应了。

## 四十

钱江听着专案组的汇报，气不打一处来：赵一鸣，这小子真的太可恶了！你打着你姐夫的旗号招摇过市就算了，居然连我这个八竿子打不着的人也给这小子拿去做挡箭牌，真是扯大旗做虎皮……

“对了！对赵一鸣，你们有没有着手调查？”钱江一想到这，就忍不住顺口问了一句。

“钱书记，我们已委托驻市委宣传部纪检组进行先期初核。从目前调研情况看，这小子的屁股还真一点不干净！他在任市电视台广告部主任一职时，利用广告串换、签订阴阳合同等不同方式，已非法敛财近百万元。我们已请纪检组按程序申报对他采取双规措施，估计这一两天材料能送到纪委。”专案组组长补充道。

“这很好！你们的动作挺快的！办案，就要像这样雷厉风行，快刀斩乱麻，露头就打，千万不要给腐败分子喘气的机会！”钱江铿锵有力地说。

汇报一结束，钱江前脚刚进办公室，冯文彬后脚就跟进来了。

“大哥，是哪阵风把给你刮来的呀？”钱江一看见冯文彬此时此刻来，先是一愣，随即调整了一下神态，用一种开玩笑的口吻说。

“顺道，顺道！正好到市委开个会，顺便来把欠你的债给还上。”冯文彬也笑嘻嘻地回答。

“欠债？哥你啥时欠弟弟我的债了呀！就是欠，咱兄弟，好说，好说！”钱江装糊涂，他知道，冯文彬说的是啥事。他更清楚，冯文彬的来意，干脆就来个揣着明白装糊涂。

“贵人多忘事，贵人多忘事！”冯文彬一边说一边从包里取出一个信封，从中又掏出一张宣纸。

“欸，瞧我这记性！”钱江一拍脑袋，说。

“小弟，你也看看，满意不满意？不满意，哥再重给你画一张。”冯文彬一边展开宣纸，一边说。

钱江把头伸过去，仔细欣赏着画：只见一只大鸟，大如鹊，面如桃花，顶似仙鹤堆丹砂，喙、足皆青色，钢爪利嘴。嘴如锥，长数寸，舌长，其端有针刺，啄得蠹，以舌钩食树枝上害虫，大片森林还有啄过的痕迹……

“好画，好画！真不愧出自大家之手！画得栩栩如生，尤其是把啄木鸟啄树木取害虫画得既生动又形象。”钱江有感而发。

“打住，打住！没有你这样挖苦人的！不过这幅画挂在你办公室，也挺符合你的身份的！你呀，就像这啄木鸟，是个护林员，扫除一切害林虫。”冯文彬十分谦逊地打断了钱江的话。

“哥，这话我爱听！我请你画啄木鸟，就想时时刻刻警醒自己，别忘记自己的职责。”

“老弟时刻心系事业，干一行，爱一行，钻一行，精一行。”

“打住，打住！不过话又说回来了，哥哥的画真是画得炉火纯青，已到了挥洒自如、登峰造极、出神入化的境界！你还真不如辞官，去当一个专业画家呢！”钱江用一种半开玩笑的口吻说。

“我也想呀，你可批？”

“呵呵！那江城就多了一个大画家，少了一个大市长！这损失就大了！”

“哈哈……损人不用纳税，你就尽管地损吧！”

“呵呵——”室内洋溢着一片笑声。

## 四十一

“多日不见，老弟好像有些瘦了，千万别太操劳了。事，得一点点地做，千万别累坏了身上哪一个零部件。我可告诉你，现在的零部件坏了哪一个，不仅贵，而且还不好配！到时可别怪哥没提醒你呀！”冯文彬和钱江谈笑风生之后，冯文彬既显得十分惊讶，又显得十分关心的样子，用一种玩笑话的口气说。

“呵呵，老哥，尽管放上一百二十个心！老弟，我是当兵出身，底子厚实，身板硬朗得很呢！”钱江也知晓，冯文彬这回是醉翁之意不在酒，想套自己的话，就笑着说。

“你都多大了呀？还不珍惜身体。弟媳不在身边，我这个当哥的，再不管你……”

“谢啦，谢啦！哥，言归正传！你今儿不光是给小弟送画的，一定还有别的事吧？”钱江问。

“没有，没有，真的没有。”

“哥，我可是当兵出身的，喜欢直来直去的。我不像有些人就喜欢打太极，明明想说的事，非得绕上几道弯；明明一句话，偏得兜一个圈子。”钱江说。

“不带你这样臭哥的呀！跟自家兄弟在一起，我就直说了。”

钱江点点头。

“上回，你们纪委的同志去找我核对一下，我是否给江湾县政府画过一幅画，收没收钱？说真的，画，我是画了。但钱，我绝对没收。你想呀！哥也不是看钱重的人。就算我是见钱眼开的人吧，江湾的钱，我能收吗？你是知道的，我是从江湾出来的人，就是想要钱，也不能拿江湾的钱。没想到，这下却给我那个不争气的小舅子和那小人姜全民给钻了个空子。”冯文彬喋喋不休地说。

“这个已搞清楚了！不是也还你一个清白了吗？你就别往心里去了。”钱江说。

“幸亏有你坐在这纪委书记位置上，不然，我可就是跳进黄河也洗不清了。”

“这和我是不是纪委书记一毛钱关系都没有！我们纪委办事，讲的是事实，讲的是证据！你没拿，就是没拿！你拿了，我就是你亲兄弟，也帮不上忙！”

“真没想到，这两个贼东西居然惦记到我头上了！你说气不气人！我回去，好好把我那个小舅子剋了一阵！”

“那他怎么说？”

“还能怎么说呀！他说，他也没拿，全是姜全民那小子把钱黑了。”

“那他就一点不知情吗？”

“他说他是最后才知道的”

“噢！是这样呀？”

“可不嘛！姜全民这小子贼得很，那时我在县委当副书记时，就觉得这小子鬼精鬼精的。没想到，我那小舅子跟他是同学，而且玩得还比较铁，真是跟好人学好人，跟坏人学咬人呀。”

“你这么说，我倒想起来了，姜全民一路提拔重用，这其中你究竟起了多少作用？”钱江顺着冯文彬的话冷不防地问上一句。

“可以这么说吧，他下去当副乡长，不瞒你说，是我的意见。那时他在县委办当办事员，已是副科级了。我看他成天在我面前，比较顺眼，就叫这小子下去锻炼锻炼……不对呀！你小子是不是听到什么传言了呀？”冯文彬突然感到话不对，话锋一转问。

钱江摇了摇头。

“这叫此地无银三百两。”

“呵呵，哥，你是说我，还说自己‘此地无银三百两’呀？”

# 四十二

这下，冯文彬有些急眼了。

“这小子，是不是在里面说我什么了？”冯文彬急切地问。

“那我可不知道。”钱江若无其事地说。

“老弟，这就咱兄弟俩，有什么话，你不能说？”

“我的好哥哥，我是真不知道。再说他姜全民犯事，你着哪门子的急呀？”

“老弟，我是不着急！说真的，这小子早该抓了。我这不是担心我家那个不争气的小舅子嘛！你是不知道，他俩平时掺和得可深了，据我所知，曾打着我的旗号干了一些见不得人的事。”

“这可怪不了别人，要怪，就怪你家教不严！没有管住自己身边的，没管住你的家人。”钱江说。

“这话，你说得也对，也不对！”

“此话怎讲？”

“老弟，你是不知道，我对我家那个小舅子可算是苦口婆心了，可就是一点招都没有。一说他，我家那口子就会跟我吵架。”冯文彬说着说着，开始向钱江诉起了苦。

冯文彬的爱人叫赵一霞。她的父亲，是南下干部。1949年8月，江城一解放，缺干部，就从部队转业一批干部到地方任职，她父亲就是其中之一。

她父亲，共有五个孩子。赵一霞在家中排行老四，上面三个姐姐，下面一个弟弟。这个弟弟，就是赵一鸣。这个弟弟是她父亲老来得子，为此一家人对这个唯一一个男孩特别娇生惯养。姊妹几个，平时也处处让着这个小弟弟，真是手捧着，怕掉下，嘴含着，怕化掉。

冯文彬大学毕业那年，被分配到市轻工局当办事员。当时的局长，正是赵一霞的父亲，别看局长大字不识，但特别喜欢有文化的人。冯文彬一来，她的父亲就像得到个宝贝疙瘩似的，走哪儿都带着他，生怕给弄丢了，就连遇上个礼拜天或节假日，也总爱把他叫回家，亲自下厨炒上几个菜，给他加加餐。

冯文彬呢，也是一个谁见谁爱的主儿。他一到局长家，不是帮着擦地，就是扛个煤气罐去帮着灌气。他就是闲下来，也是去帮着给赵一鸣辅导辅导功课。

赵一霞的母亲自然也十分喜欢冯文彬，不停地在老伴面前唠叨，要把四女儿赵一霞许配给冯文彬。

就这样，冯文彬成了局长的乘龙快婿。当时，江城大大小小的官员中有不少是与赵一霞父亲一起出生入死的战友。那些人不用岳父出面，都很关照冯文彬。

冯文彬既能干，又有文化，再加上又有这一优越的外部环境相扶持，仕途上不顺都不行，很快就当上科长。过了一年半载，他又被提拔到一个新成立的局去任副局长。

也就是在冯文彬出任副局长的那年7月，岳父突然发病逝世。临终前，他把冯文彬叫到病床前，紧紧拉着冯文彬的手，上气不接下气地说："我死后，最放心不下的是小儿赵一鸣。他生性自私、贪婪，爱占小便宜。"并反复嘱咐冯文彬："……你一定要替我好好管教他，千万别让他走上邪路。"冯文彬连连答应。

这些年，冯文彬从没敢忘记岳父的临终嘱咐，对赵一鸣也算是关爱有加，百依百顺。

# 四十三

“老弟，你知道老哥我这一辈子最窝囊的是什么吗？”冯文彬脸色苍白地说。

钱江疑惑地看着冯文彬，摇了摇头。

“就是娶了赵家四小姐呀！”

“我看不对吧！一霞姐又漂亮，又贤惠……”

“老弟呀！我们之间要没有我那个小舅子横在中间，你那个一霞姐，是又温柔，又体贴。可只要我那小舅子一来跟他这个四姐一嘀咕，我的日子就不好过了，小则发生‘内战’；大则受到赵家姊妹围攻。有时要不是我老岳母在一旁帮着我，我还真不……”

“不会吧！有这么夸张啊？”钱江打断了冯文彬的话。

“老弟，不怕你笑话哥，别看哥我在外有模有样的，可一回到家，简直就是一个受气包，一个妻管严。”冯文彬的脸红一阵白一阵。

“哥，不说这些不愉快的事了。”钱江走到冯文彬身旁，轻轻地用手拍拍他的肩膀，说。

“我是不把你当外人，才说这么多。今天哥是高兴，才把这心中隐藏多年的话向弟弟倾诉出来。”接着，冯文彬就一吐为快地说起了一些往事。

那年，冯文彬还在江湾任县委副书记，有天，一个乡党委书记到冯文彬那汇报工作。冯文彬突然想起，昨晚在江城电视台《江城新闻》中，看到一条关于该乡利用农闲抓好党员教育的电视新闻，就大加称赞。

没想到，冯文彬话音刚落，那位乡党委书记却涨红着脸说：

“这得感谢书记，亲自给予部署。”他这一说，弄得冯文彬一头雾水。那位书记就把这条报道的来龙去脉说了一遍。他告诉冯文彬是县委办的姜全民亲自给他打电话交代的。

姜全民还在电话上说，冯书记在县委简报上看到《乡党委利用农闲抓好党员教育》的信息后，很重视，并指示他帮着联系新闻媒体报道一下，这不，他就找到江城电视台的一个老同学——赵一鸣，也是冯书记的小舅子。请他们务必接待好些，同时，在临走前最好能给 500 元的辛苦费。

冯文彬不问不知道，一问吓一跳，当时，啥话也没说，连忙从自己口袋里掏出 500 元给了那位书记。等那位书记走后，冯文彬立刻把姜全民叫到办公室，狠狠批了一通。等周五晚上回城过双休日，半路上就打电话，叫赵一鸣到他家去一趟。一见面，他劈头盖脸地对赵一鸣一顿骂，还顺手打了赵一鸣一巴掌。这下，可了不得了，一下点燃了火药桶。先是赵一霞跟他闹，一会儿其他三个姐姐也先后到场助阵，一起围攻冯文彬。

顷刻间，冯家就闹翻了天。

## 四十四

为了息事宁人，尽快平息风波，冯文彬干脆来个惹不起躲得起，趁乱悄悄溜出家门，回到了江湾。这事，就这样算是过去了。

可时隔不久，冯文彬又发现了姜全民和赵一鸣打着自己的旗号在外面招摇撞骗。他想：这事不能全赖姜全民，是自己没有管好自家的内弟。俗话说，一个巴掌拍不响。要想这事以后不会发生,就得下狠手,把他俩唱戏的台子都给拆掉,这才是万全之策。

于是乎，冯文彬就利用自己的人脉资源和手中的权力，先是通过自己的私人关系把赵一鸣从新闻中心调到广告部；后又利用手中的权力把姜全民调到一个偏远乡去当副乡长。

据冯文彬介绍，姜全民后来职务上的升迁和自己一点关系都没有。姜全民这人，脑子很活，也很会见风使舵，更擅长利用方方面面的关系。那时，姜全民任乡党委委员、副乡长，乡党委书记正好是魏德才。

魏德才没有多少文化，算是一个大老粗。此人干事利索，为人仗义，且不拘小节，大大咧咧，常干些丢三落四的事。姜全民就经常给他做些补台的事，因而深得魏德才的喜欢。后来魏德才到县里当副县长，又力保姜全民当上了乡长。乡党委书记调县局任局长，魏德才知道已是县委书记的冯文彬平时不喜欢姜全民，就帮着找了一些人来当说客，姜全民还搬来救兵赵一鸣。冯文彬心想，自己犯不着为了一个乡党委书记，跟那么多人闹不愉快，就答应赵一鸣，只要会上赞同的人多，他就不会反对。冯文彬要是不反对，那就是烧高香了。就这样，姜全民又算是顺理成章地当上了乡党委书记。

至于赵一鸣和姜全民背地里背着他干了哪些见不了光的事，冯文彬说不知道，也懒得知道。当然，这也是冯文彬的一面之词。

冯文彬还介绍说，这些年，他是画过几幅画，也收过人家一些钱。但这些钱，都是用来填赵一鸣给冯文彬挖的坑。

一次是赵一鸣给一家品牌酒在江城的代理商做广告，广告做后，这个代理商在江城蒸发了，20 万元的广告费自然就要不回来了。电视台天天催着赵一鸣追债，赵一鸣就请姐夫出面求个人情。冯文彬哪会为这区区 20 万元去折腰啊，可家中又一时拿不出那么多现钱。就在这时，市美术家协会组织了一次文化进企业的笔会，就力邀既是省美协副主席，又是副市长的他能够出席一下。冯文彬推辞不掉，就应邀参加了。笔会之中，冯文彬认认真真现场挥毫画了一幅四尺整张的山水赠送给主办方。他这一出手不要紧，是技压群雄，当场就有一位房地产商找到他，要订他几幅作品。冯文彬说自己画画只是爱好，从不卖画。

这事本该到这就结束了，没想到赵一鸣不知从哪儿得到这一消息后，就悄悄从家偷出冯文彬四幅画，以每幅 5 万元的价格，私下卖给了那个房地产商。

事后，冯文彬也知道赵一鸣偷画卖的事，心想：这小子太贼了，居然偷我的画去卖，填补电视台那个窟窿……可转眼又一想：既然画已卖了出去，不能硬着头皮去把画要回来吧，如果去要，不光有失身份，还会滋生出一些谣言。冯文彬只好是哑巴吃黄连，有苦难言。

## 四十五

后来还有一次，是电视台广告部搞的一场活动，说是答谢客户，其实质就是电视促销活动。

赵一鸣是广告部的主任，自然就是这次活动的策划者。首场活动，搞得很失败，现场不仅没有一个老客户签新的广告合同，反而还让广告部倒贴两万多元的租场费和招待费。他们在总结教训时，一致认为，之所以失败，就在于那天现场没邀请一个名人或大伽来捧场。

吃一堑，长一智，赵一鸣再组织第二场活动，就吸取了首场的教训，请了台里几个名主持，还有市里几个家喻户晓的名演员来串场。这回，赵一鸣也没忘记他的这个当副市长的四姐夫，并通过四姐施压，把冯文彬作为应邀嘉宾，请到了现场。

这还不算，赵一鸣还私底下串通现场主持，对冯文彬发动了突然袭击："下面让我们以最热烈的掌声，欢迎著名国画大师、省美协副主席、我们尊敬的副市长冯文彬先生现场挥毫，为本次活动助兴！"随着女主持人甜美的声音，全场响起雷鸣般的热烈掌声。

冯文彬被这突如其来的情况惊呆了，他毕竟是见过大市面的人，遇事一点不慌。他想：这回，又被那臭小子给下了套！这阵势，要是不上场，肯定过不了关！今天上去也好，不上去也好，都有失他这个副市长的身份。

见此情景，冯文彬想发火，但又不能当场发火，只能强装欣然受邀的样子，站起来，不自主地往台上走去，边走边说："我要纠正一下刚才主持人说的话，我不是什么著名国画大师，只是一个绘画爱好者！恭敬不如从命！献丑了！"

这还不是冯文彬被自己小舅子耍得最厉害、最难堪、最说不出滋味的一次。

最令冯文彬蒙受耻辱而又把门牙打掉，还不能吐出来的是另外一件事。有个大有来头的大地开发集团董事长叶春生，一眼就相中经开区与老城区结合部的一块工业用地。他们通过各种关系，已打通上上下下的关键环节，想把这块工业用地转为商业用地。但市国土资源局一报到分管副市长冯文彬那儿就给卡住了。

冯文彬的态度很坚决：这块地，是五年前作为招商引资时，市里专门给予的一次优惠政策，从而特批了这块地，作为一家外地企业进驻江城办厂的预留地，并在省里备了案。由于当初双方条件没谈拢，这家外地企业没来，地就空下来了。现在要变更这块土地的使用性质，他一个人做不了这个主，必须提交市长办公会和市委常委会讨论后，他才能签这个字。这下，可把叶董事长给难倒了。

这上下关系都打通了，就这个中间环节没绕开。上面的人明确说，不方便出面打招呼，更不能出面去施压。下面的人也说，不敢去汇报。

## 四十六

眼看着这事就要黄了，这位叶董事长可傻眼了，这一个多月上上下下打点了上百万元就要打水漂，叶董事长可真心疼。怎样才能破这个僵局，叶董事长束手无策了。就在这时，经人引荐，他们认识了赵一鸣。

一听说赵一鸣就是造成这块地卡壳的副市长冯文彬的内弟，叶董事长眼又亮了，但转念又一想，上到省级领导，下至几个局长，都奈何不了，一个电视台广告部主任芝麻大的小官能行吗？嗨！大钱都花了，打发这个芝麻大的小官用不了几个钱，再说如果成了，广告宣传也是少不了，给谁都得做！不如拿此做筹码，来个死马当作活马医，兴许这小卒过河，就能赛大车呢！

于是，叶董事长就找到赵一鸣说，只要赵一鸣能把此环节给打通，不仅跟他签订一年几百万元的独家代理广告费，还承诺事成之后，另付一部分酬金给赵一鸣个人。

赵一鸣一听自然就动了心。他立马回去，开始缠着姐夫。可这回，姐夫就是软硬不吃他那一套。

就在快到嘴的肥肉要溜掉时，赵一鸣无意中听说那个叶董事长跟市委书记张大山不仅熟悉，而且还是好朋友。赵一鸣计上心头，何不借张书记来压自己的姐夫呢？这一计，叶董事长说不行，已找过张书记。张书记当场就推辞了，说，那个副市长是一个油盐不进的老学究，为人清高，还比较难讲话，不愿意亲自出马打招呼。无奈之下，他们才找赵一鸣去攻这一关。

赵一鸣一听，笑了："这大活人怎么能被尿活活憋死呢！张书记不干，咱们不能设个饭局，把他俩请到一起。只要他们参加，酒过三巡，你们稍一开口，张书记在一边再来一个旁敲侧击。我对我姐夫太了解，他就是一个好面子的人，保准他当时不会驳张书记的面子。只要他一答应，这事，不就成了嘛！"

叶董事长一听，觉得很有道理，就赶紧张罗这场饭局。市委书记由叶董事长出面请，邀请冯文彬自然而然就落在赵一鸣肩上。赵一鸣编了个瞎话，说，他外地一个朋友到江城来投资，他掏钱请人家吃个饭，想请姐夫出个面，去给自己捧一下场。冯文彬连想都没想，就满口答应了。赵一鸣一看没费吹灰之力就把事办成了，心里乐开了花。

冯文彬晚上一下班，准时赴宴，一进包厢，冯文彬一下子明白了：这回不仅又掉进这小子挖的坑里，而且还是一次鸿门宴。冯文彬刚想转身离开，却与市委书记张大山撞了满怀。

张大山一见是冯文彬，还以为他是出去迎接自己的呢，伸出手紧紧握住冯文彬的手，笑嘻嘻地说：“文彬市长，不好意思，临下班时，遇上几个人来汇报工作，给耽搁了，让你久等了！”“书记，我也是刚到一会儿，没事，没事！”冯文彬也随机应变地回复着。

饭局进行到一半，不曾想到叶董事长还没开口提那块地的事，反倒是张大山主动问起了这块地的进展情况。冯文彬一听，心里就明白了几分，就说，市国土资源局早报来了，是自己这段时间太忙，给耽搁了。

张大山说，那就快点办，审批程序还有一个复杂过程。冯文彬只好硬着头皮答应，说尽快上报市长办公会讨论。张大山又转过头来对叶董事长说，这块地，可是经开区与老城区的黄金地块，你们一定要精心设计，争取把这块地建成全市乃至全省最高档次的商住小区。

晚餐后，叶董事长一走出饭店就满面春风、得意扬扬地说：“这真是踏破铁鞋无觅处，得来全不费功夫呀！”陪同的一光头男子拍马屁地奉承道：“叶董亲自出马，没有过不去的火焰山！”

冯文彬走出饭店，脸色铁青，牙齿也咬得咯吱直响。此时此刻，他恨不得活啃了跟在身后的小舅子。

## 四十七

市委大院的灯一个接一个熄灭了，唯有钱江办公室的灯还亮着。钱江和冯文彬聊着，似乎早已忘记了时间，也不知肚子里在闹革命……

“哥，你刚才说的叶董事长，是不是叫叶春生？是大地开发集团的？”钱江关切地问。

“我只知道此人姓叶，具体叫什么名字，我还真的不知道。不过，我好像听我家那个专干坑蒙拐骗勾当的小舅子说过，相中那块地的开发商，叫什么地集团。”

“我说你什么才好！帮人家拿地，连帮的是谁，都说不清，你简直就是一个糊涂虫！”钱江此时冒出一种无名火，愤愤地说。

“瞧我这记性，对、对，就是大地开发集团。”冯文彬一拍脑袋，猛然想起来了。

“这就对上了，那人就叫叶春生，是大地开发集团的董事长。”

“老弟，你也认识那人，是不是也和此人打过交道？”冯文彬十分疑惑而又惊愕地问。

“是的，我和他交过几次手！这个人，我在调查张大山腐败案时，曾三次传唤过他。”钱江说。

“那就好，那就好！这人贼眉鼠眼，一看就很奸诈。他一定拉拢腐蚀了我们不少干部吧？”冯文彬一听这消息，显得有些兴奋。

“这个我还真不清楚呢！不过哥你放心，案件一公开审理，真相一定会大白于天下的。”

“那会不会也牵连我那个不争气的小舅子赵一鸣？”冯文彬急切地问。

“这我哪儿知道呀！”

“呵呵，我知道，问你也是白问！你是干什么的，是纪委书记！自己老婆的堂兄犯事，嘴都像锁了一把锁，还能跟我说吗？”

“那你还明知故问，这不是自找没趣吗？哥，我想问你一个问题呀！你可千万不准生气哦！”

“问吧，我不生气，你知道我是一个不会生气的人。”

“那我可问了？”

“嗯——”冯文彬连连点头。

“那我可真的问了。”

“别那么婆婆妈妈的……”

“哥，我是想问，这些年，你在江城到底有没有干过一些不好的事？”

“没有，绝对没有！”冯文彬连思考都没思考，就脱口而出。

“真的一点都没有吗？”

“老弟，你这是啥意思嘛！连哥都信不过吗？你还记得前年我去省城开会，你到宾馆来看我，我俩聊了一个通宵。我告诉过你，你我都是工人子弟，没有任何背景，能走到今天这个岗位，一定要懂得珍惜，懂得报恩，千万要管住自己的嘴，不该吃的饭，坚决不吃；不该说的话，坚决不说；管住自己的腿，不该去的地方，坚决不去；管住自己的手，不该拿的东西，坚决不拿。”冯文彬沉浸在美好的回忆中。

“是的，我还记得哥当时还一再嘱咐我，说，钱江呀，你是从部队回来，地方上的水深得很，尤其是你干纪检的，不要随便和人交往，不要随便给人办事。现在围猎的人很多，一不小心就掉到陷阱里去了。这些做弟的，从没敢忘记。”

“那就好，那就好！”

“哥，我没忘，那你忘记了没有？”

“我自然一刻也没忘！”

“不会吧？”

“你说的是啥意思吗？连哥都不信！”

"我相信你能洁身自好，但是在亲情面前……"

"你的话，我懂了！不过我跟你说句掏心窝的话，我是给我那个恨铁不成钢的小舅子办过一些事，但我从没有从中得过一丝一毫的好处。那小子也曾打着我的旗号，干过一些事……"

"哥，我说你糊涂不糊涂，这些事你是没得到过好处，可这些事中难道就没有你的影响力？"钱江一针见血地说。

"老弟，别说了，我知道我应该怎么做了，明个我去省城一趟，找纪委把我这几年的事都说清楚。"冯文彬打断钱江的话说。

"哥哥，英明！那明天，小弟就陪哥走一趟。"

# 四十八

第二天，冯文彬起得特别早，一早就来到钱江的楼下，两人找了一家早餐店，蹲在路边狼吞虎咽地吃上几口，就驱车上了通往省城的高速公路。

他俩一到省纪委，钱江先去二室，把二室王主任叫出办公室。然后俩人在过道悄悄交谈几句。一会儿，钱江就领着冯文彬一起下到了一楼，在一个挂着"省纪委谈话室"门牌的房间前，两人停下了。

"哥，千千万万别藏着掖着，好好仔仔细细想清楚，能把事情说清楚，尽量说清楚。"钱江嘱咐着。

"放心吧！"冯文彬点着头，说。

"那好！你也别急，我在外等你。"

“行啦！你先回吧！你回家看看弟媳，晚上别忘做几个好菜。我一完事，就上你那喝上几杯。”

“好的，好的。”

正说着，二室王主任带着一个年轻同志过来了。几人站在门前寒暄一阵之后，冯文彬就随他俩一起进了谈话室。

钱江离开了省委大院。他没马上回家，而是先到冯文彬家看望一下他的父母。然后他又打电话给爱人朱慧，叫她多卖点菜到冯文彬父母家，晚上陪老人家一起吃个饭。

晚上快过八点，菜热了一遍又一遍，还不见冯文彬的身影，钱江有些忐忑不安了，心想，冯文彬不会出什么事了吧？他是个老纪检了，也会遇上谈话，谈着谈着，谈话对象就被双规了。

这个念头一产生，钱江立马又打消了。他比谁都清楚冯文彬的为人。冯文彬为人是清高些，但是处事很慎重，做人絮絮叨叨的，胆子也特别小，是典型的文人。或许就是因为他的絮絮叨叨，才谈得那么慢……

“你是不是心中装着啥事？”朱慧一看钱江有些魂不守舍的样子，就问。

“没有！”

“不可能！”

“这样吧！你跟爸妈先吃着。一会儿文彬哥来了，我陪他喝上几杯。”

“那叫爸妈先吃着，我来陪你一起等文彬哥。”

“知道了，知道了，真是说曹操，曹操到呀！不急，不急，我们都在等着你。对了，不是到我那个小家去哦，是到你老爸家，别走错了。”钱江在手机里说。

大约过了半小时，冯文彬一脸轻松的样子进了门。

两人一见面，啥都没说，都心照不宣，心领神会，直接坐到桌前，喝起了酒。

这一晚，俩人喝了很久，也都喝醉了。

## 四十九

到了次日傍晚，钱江和冯文彬从省城回到了江城。钱江直接去了办公室，冯文彬却回了家。

冯文彬还没进家门，就听到屋里传来哭哭啼啼声，他不知道又出啥事了，赶紧打开门，前脚刚迈进门，后脚还没进来，就被赵一霞劈头盖脸地骂了一通："你小子，一天一夜没回来，都死哪儿去了？""临时到省里开个会。""开会也不知道给家打个电话呀？""这……"这时，冯文彬才发现家里坐着好多人，赵家姐妹三个，外加岳母和弟媳，全坐在客厅，个个魂不守舍……

"你俩别吵了！爸，舅舅出事了！"女儿从书房走出来，说道。

"出啥事？他哪天消停过。出事，那也是早晚的事。"冯文彬望着女儿不屑一顾地说。

"你个没良心的，是不是成天盼着一鸣出事呀？"赵一霞哭天抹泪地骂。

"他小姨夫，赵一鸣做人是不成功的！可现在他被抓了，您是市长，认识人多，您不能不管呀！您要是不管，那叫我们娘俩怎么活呀？"赵一鸣的媳妇哭丧着脸，恳求着。

"啥，被抓了，是啥时候的事呀？"

"就在今天中午的事。"

"是谁来抓的呀？抓到哪儿去了？"

"都是你那好兄弟干的好事！"

"啥？这是绝对不可能的！这一天半，我都和他在一起，我俩一起去省……"冯文彬态度十分坚定地说。

"那我陪你，现在就一起去找他！"

"找他？"

"嗯——不找他，还能找谁呀！"

"四妹呀，你这火暴脾气，应该好好改改了！有你这样去找人吗？你现在是去求人办事。"赵一霞的大姐在一旁劝说着。

"文彬，一鸣平日里给你添了不少乱子。谁让你是他姐夫呢，你不管他，又有谁现在能管得了他呢？他爸死得早，赵家就是这根独苗苗……"岳母哭天抹泪地说。

"妈，不是我不管一鸣，是我实在爱莫能助呀！"

"妈求你了……"岳母说着，就要起身下跪。

"妈，您老这是干啥呀！好、好，我去、我去！"冯文彬哪见过这阵势，赶紧答应，随后急匆匆地离开了家。

他一走出家门，又不知道上哪儿去？冯文彬心里清楚得很，此时去找钱江，准是自找没趣！他连有恩于他爱人家的堂兄都抓，我这个内弟在他那儿就算个屁！不过，不能现在回去，现在回去，这一大家子人一问，不是露了馅……不行，不能回去。

这一宿，冯文彬在外瞎转，一直转得双腿发酸才回去。

# 五十

江岸区委内斗，在全省区县中是比较出名的。对此，钱江不仅早有耳闻，而且还经手批转过几份举报件。

那时，他还是省纪委第六纪检监察室主任，经常会收到来自江岸区的举报信。这些举报信主要集中在两位区委领导身上：一位是区委副书记、区长王祥瑞，一位是区委常委、区委组织部长魏鹏。

王祥瑞早些年是从秘书岗位上下到江岸区来挂常委副区长的，挂职还没结束，就改任职了。魏鹏，是前三年才下来任职的。俩人曾同在一个大院，做同样的工作，现在又同在一个班子里工作。但是不知啥原因，俩人却总尿不到一起，始终是面和心不和，台面上俩人好得像一个人似的，暗地里，俩人势同水火，相互拆台，都想把对方斗倒。了解内情的人都知道，他俩斗得死去活来，都是权力惹的祸。

钱江在赴江城任职前，还曾亲自起草过对王祥瑞进行函询的公文。可到江城任职好几个月了，江岸区却风平浪静。这种平静，让人揣摩不透，总感觉有些异常……

钱江也断断续续地听到过一些有关他俩的传闻。他俩上面都有人，而且个个神通广大。虽不能说一手遮天，但在江岸，甚至在整个江城，不管他俩是谁跺跺脚，江岸区都会晃一晃，就连区委书记朱泽农都会让他俩三分。

朱泽农是从基层一步一个脚印走出来的，没有任何背景，完全是靠干出来的。他当过工厂厂长，硬是把一个亏损企业扭亏为盈。他当过街道党工委书记，硬是把一个落后的街道旧貌变新颜。

此后便得到重用，当上了副区长。在几位副区长中，朱泽农的资历最浅，只能夹着尾巴做人做事。从此，就像换了一个人似的，以前那种闯劲再也看不到了。他官当大了，胆子却变小了，小的连树叶掉下来都怕把头打破。官当大了，主见也没了。在区长办公会上，他常说的一句话：“大家的意见，都很正确，我完全赞成！”说多了，这句话自然也就成了他一句口头禅和经典语录了。

没想到，就是凭这，朱泽农从排名倒数第一的副区长位置上一跃成为排名第二的副区长，而且还在副区长前面加上个“常委”。他从中也悟出了许多官场上的处世哲学，他有了这些为官之道，仕途自然而然地就变得一帆风顺，一下子就由常委变成常务，常务变成“一把手”区长，又由区长变成书记。这一路走来，他才用了短短 7 年时间。

朱泽农当上区委书记后，一连从省级机关空降两位区委领导。两位虽说是自己的下属和同事，但他是谁也惹不起。他们个个背后站着的都是一个个比自己官大好几级的大人物，别说自己得罪不起，甚至连市委书记张大山都把他们视为座上宾。他俩虽说不能成自己的事，但要是坏自己的事，可以说是手到擒来，轻而易举。

对这些道理，朱泽农心里跟明镜似的。至于他俩怎么钩心斗角，是他俩之间的事。自己惹不起，还是能躲得起的，只有这样，才能明哲保身。

为此，区委常委会经常出现一些议而不决、决而不行的问题，市委好几位领导曾一致要对区委领导班子进行一次大换血。可一上市委常委会，都让张大山以各种各样的理由给否决了。

久而久之，在江岸区王、张二人的胆子也就变得越来越大了。

# 五十一

王祥瑞虽说是从秘书岗位上出道的，但他干起事来可没那么文气，很强势，也很武断。只要他想要做的事，别人是插不上嘴，更插不上手。

前些年，区里决定将一片筒子楼拆掉，建一文化广场。可拆了三年多都没拆掉，文化广场也拖成一个半截子的烂尾工程。那年，正好他来挂职常委、副区长，区政府有些领导认为他是外地干部，在当地又没有盘根错节的关系，加上他又是从省上来的，背景强硬，如果请他出马，拆迁的力度要大得多。为此，有人在区长办公会上就提议，请新来的常委、副区长领衔去处理那些十分难缠的钉子户。他二话没说，就把这一难啃的骨头接下来了。

受领任务后，他就领着街道、社区干部深入现场，把几家钉子户召集在一起，商讨拆迁补偿办法。可几家钉子户狮子大开口，一定要拆一平方得补三十平方。

王祥瑞一看软的不行，就来硬的。首先就把几家钉子户的水电气给停了。一周以后，几家钉子户还是一点点动静都没有，仍在那死扛着。他一看，这招不成，又出一招，不知从哪找来一帮人，带上挖掘机，突然闯到那几家钉子户里，不由分说，一边把人家连人带东西强行搬上车子拉走，一边就用挖掘机把房子给推倒。

这一强拆不要紧，一下引起了一起群体性上访事件。幸好市、区、街道、社区四级干部全压了上去，层层去做工作，这才没使矛盾进一步激化。

王祥瑞也因此得了个绰号，叫王拆迁。后来区里凡是有拆迁工程的事，都让他领衔。他呢，也是有求必应，从不推辞。一些难缠户一听说是王拆迁亲自操刀拆迁，都知道你野蛮，他比你还要野蛮。人说小鬼难缠，王拆迁可不是小鬼，而是恶鬼！一些拆迁户在王拆迁面前，招子都放亮了许多，从不和他纠缠，只要条件一谈好，立马搬家走人。

有次在江岸东大街拆迁中，有户人家自以为辖区街道主任是自己家亲戚，可以当靠山，硬是提出苛刻的赔偿条件。双方没谈妥，这户人家就赖着不走。这事一传到王拆迁耳朵里，他当场暴跳如雷，不管三七二十一，也不问青红皂白，首先就把那个街道主任给免职了。随即，趁那户人家家中无人，叫一帮人去把那家门砸开，东西强行搬了出来，没等人家回来，房子就直接给推倒了。那家人一回来看到自己的家没了，衣物、家具也乱七八糟地全放在一片废墟上，真是叫天，天不应，叫地，地不灵。那家人也不是省油的灯，干脆找辆车子，把家搬到了区政府办公楼大厅安营扎寨了。

这事，传得沸沸扬扬，在社会上造成了十分恶劣的影响，弄得区委、区政府是焦头烂额，里外不是人。结果是那户人家被免职的亲戚去反复做工作才化解了矛盾。

## 五十二

对王祥瑞，江岸区是褒贬不一。有人认为，城区改造，就需要像王祥瑞那样天不怕地不怕的人；而更多的人则认为，敢说敢干并没错，但不能像王拆迁那么蛮干，那么目中无人，那么作风霸道，凡事都要以人为本。

尽管江岸区老百姓不怎么喜欢这位王拆迁，但王祥瑞却自我感觉良好，他听到的都是一片片赞歌，夸他是江岸区建设的大功臣。如果江岸区没有他，城区建设就没有那么快。

说这些话的人，大多是跟在王拆迁身后的开发商、建筑商。他们伴随在王拆迁左右，天天跟着唱赞歌，因为有利可图，能从他身上挣回真金白银。

据民间传闻，王拆迁之所以挂职改任职，就是他和一帮开发商、建筑商玩得太铁了，已到了谁也离不开谁的地步了。这两年，开发商、建筑商等人在王祥瑞身上没有少投资，除了供他吃喝玩乐高消费以外，还给了他不少好处费。承接文化广场半截子工程的开发商一次性就给了他 50 万元的好处费。他挂职一结束，屁股拍拍，就走人，那这两年的感情投资，不就打水漂了吗？

当然王拆迁也舍不得离开这帮铁哥们儿。他在江岸，要想办啥事，连口都不用开，只要使个眼色，就有人争着去帮他打点好了。他要是挂职完一回省城，就是一个副处级干部。像他这样的干部，在省城多如牛毛，他要想像在江岸那样，呼风唤雨，几乎是不可能的。他自然也不想离开这游刃有余的环境，但又不好开口向组织反映自己想留下的想法。就是想留下，自己也没有正当的理由和借口。他这一想法，正中那些人的下怀。

为此，就有几个人牵头，花钱雇人联名写信，向上级反映江岸区太需要像王祥瑞这样能干事、能成事的干部了，恳请上级把王拆迁留下继续为江岸的发展做贡献，并有几百人按下了红手印。这只是传得最多最广的一个版本，还有几个版本。

有人说，王拆迁原先想回去，正好办公厅有两个室主任空缺，自己一回去，就能提个主任当当。人算不如天算，万万没想到，还没等他回去，那两个空缺职位，厅机关要进行竞争上岗，他的美梦破灭了。

还有一种说法，就是他的老领导，年前转任到省政协当领导。老领导希望他挂职回来后，也调到政协去当处长。王拆迁不想去，也不甘心，但又不敢跟老领导说，所以就留任了。

民间还有一种传闻，就是王拆迁在江岸有一个情人。这人叫孙珊，是一个身价几个亿的著名民营企业家。她的企业虽没有跨国，但却遍布全国。她在江岸开发了一个占地 300 亩的别墅群，用她的话说，她开发房地产，只是试一下水，她的主业是做医疗器材。她这一试水，正好有机会结识上王拆迁。起初，孙珊并没有把他当作一回事。他在她眼里，充其量只能算是一棵小树。开始时，两人只是偶尔在一起吃吃喝喝的，并没有什么桃色新闻。不知何时，两人就睡到了一起……

## 五十三

王拆迁留任后，深得市委书记张大山的欣赏。张大山视他为自己的影子，经常在全市干部大会上称赞：“祥瑞有胆识，勇于开拓，敢担责。全市就是像他这样的干部太少了，不然江城发展的步伐会更快一些。”在张大山的精心扶持下，王拆迁很快就荣升了区委副书记、区长。

据消息灵通人士透露，张大山要迟点倒台，王拆迁就很可能被提拔当上副市长或市委秘书长。

这倒并非是什么传言，省委组织部几次来人考察后备干部，张大山都举荐王拆迁。只是王拆迁口碑不太好，让组织上一次次给否定了。

去年底，王拆迁好不容易又一次被市委提名，进入了省后备干部行列。就在这节骨眼上，省纪委、省委组织部同时收到一封同样内容的匿名举报信。

这封举报信，反映王拆迁长期与开发商、建筑商沆瀣一气，大肆收受贿赂，与他人长期保持不正当的男女关系，插手医疗器材采购，等等。这些事真假一时难以查证，反映的问题虽有些模糊不清，但总感觉是知情人所为。尤其是信中罗列的很多细节，不是一般人能凭空杜撰的。即便是栽赃，也是一个十分熟悉内情的人，通过移花接木，把许多事弄得扑朔迷离。

省纪委信访室接到此信后，转交第六纪检监察室处理。那时钱江正带领全室上下集中精力对张大山腐败问题进行外围调查，没有过多力量去核查这份举报件真伪。钱江只好草拟了一份函询公文，想给王拆迁一次主动向组织说明问题的机会。省委组织部干部监督室派人下来调查过，认为信中反映的问题虽是捕风捉影，但确有风让人捕，有影让人捉，至于这风有多大、影有多实，一时还难以找到有力的证据。故此最后干脆就把王拆迁从后备干部名单上取消了。

这封举报信一出现，王拆迁就把怀疑对象锁定在魏鹏身上。在一次区委常委会上，王拆迁阴沉着脸进行即席讲话，痛批区委个别领导风气不正，自己不干事，还妒忌别人干事，仗着自己省里有关系，就乱打小报告。虽未点名道姓，但常委们一听这话外之音，说的就是魏鹏。

此后没多久，网上又出现了一封针对魏鹏的匿名举报信。举报他在选拔干部过程中，利用手中权力，违规用人，为自己和他人谋取利益。

这举报信一出现，使得魏鹏与王拆迁俩人由过去的底下较劲变成了台面上的争斗。

## 五十四

其实王拆迁与魏鹏本来并没啥矛盾，他俩以前都是给同一位省领导做秘书。王拆迁是前任，魏鹏是接替王拆迁的。虽说一前一后，但在那位领导心目中，一直比较喜欢王拆迁，不太喜欢魏鹏。魏鹏平时工作中只要一出差错，那位领导总是拿他跟王拆迁相比，说他这也不行，那也不行。王拆迁在的时候，自己是如何如何省心，弄得魏鹏气不打一处来。那位领导要转到省政协任职，魏鹏就想离开办公厅，下基层镀镀金，好在以后的仕途中更上几层楼，于是，就向领导提出了自己的想法。领导一听，年轻人想锻炼，想进步，是好事，就亲自出马找人让自己的秘书下基层任职。

万万没想到，冤家路窄，魏鹏却偏偏来到了江岸区任职，居然又和王拆迁在同一个班子里共事。这是让魏鹏最难以容忍的。虽说他俩的经历相同，但两人的性格、处世风格截然不同。

王拆迁张扬跋扈，而魏鹏给人的感觉是一位谦谦君子。王拆迁喜怒哀乐全挂在脸上，而魏鹏却永远是一副皮笑肉不笑的嘴脸，让人始终琢磨不透。王拆迁遇上看不惯的人和事，不分场合，立马说出来。魏鹏就是别人骑在他身上撒泡尿，他也是淡淡一笑，好像没那回事似的。

开始时，两人相处虽不能说十分融洽，但还是相互照顾些面子，属于那种面和心不和的关系。王拆迁时常以老秘书、老常委、老大哥自居，并以领导的口吻对待魏鹏。魏鹏嘴上不说，可心里始终憋着一股劲，口服心不服，经常暗地里给王拆迁使绊子。凡是王拆迁在常委会上主张的事，他魏鹏总是不温不火地找出各种各样的理由给他泼上一盆冷水，跟他唱对台戏。

那时，或许是慑于老领导的威望，或许是爱面子，或许是矛盾还没有激化到不可调和的地步，两人在台上还是唱“将相和”的戏。

魏鹏在区委只是跟王拆迁有时有点不和，但对其他人，总是笑嘻嘻的，从没见他跟谁红过脸。他和区委书记朱泽农相处得更为融洽，两人看上去，都是和事佬。

了解区委的人都知道，朱泽农与魏鹏看样子都是和事佬，但仔细分析，朱泽农与魏鹏并非是一回事。朱泽农是不愿意，也不想得罪人的那种胆小如鼠似的和事佬，而魏鹏则是笑面虎的那种和事佬。

魏鹏台面上和蔼可亲，谨言慎行，但背地里他胆子可不一般大，喜欢玩弄权术，不动声色地利用手中的权力，悄悄培植着自己的小圈圈。只要和他平时走得近的人，能给他带来好处的人，不管能力大小，品德如何，只要一有机会，就提拔重用。哪怕就是没有机会，他也会创造机会，让你上位。大凡没有进入他的圈子，又舍不得送钱的人，就是有天大的本事，他也会找出一百个不用你的理由。他在区委虽说只是一个组织部长，但在选人用人上，他就是金口玉言。有人给他提意见，他会理直气壮地说：“知人善用嘛！”

今年五月，有个叫魏海波的人，刚提拔区卫健委主任不到两个月时间，就落马了。在区委常委会上，王拆迁怒斥道：“简直是胆大妄为！这种腐败分子居然还得到提拔重用，不仅让真正干事的人心寒，也给我们区委脸上抹黑，成了天大的笑话！”魏鹏的脸也一点不红，笑眯眯地振振有词道：“人无完人！况且组织上在选人用人时，怎能前怕狼，后怕虎？怎能确保所用的人一辈子不出问题？”

# 五十五

说起魏鹏，外界对他基本没啥传言。要不是因为曾经有过网络举报，人们可能还不知晓江岸区委组织部长是谁呢！

魏鹏个头不高也不矮，小小的眼睛，白白净净的皮肤，看上去十分儒雅，和人交往也十分谦和，不太喜欢张扬，也不爱抛头露面。所以他在江岸任职几年，没有一点知名度，自然传言比起王拆迁就少得多。

魏鹏刚到区上任职时，在区委大院口碑也是特别好，有很多人都十分羡慕组织部来了一位面善、和蔼，又有能力、水平的好领导。尤其是他一说话，出口成章，慢条斯理，妙趣横生，滴水不漏。他见人总是笑呵呵的，办起事来也是不温不火，从没见跟谁发过火，是一位十分好相处的领导。

后来有些负面影响，最先也都是从组织部内部断断续续地传出来的。有人说他是一个弯弯绕，明明一句话能说的事，他得用上十句或二十句话来说；明明自己想做的事，他偏偏不明说，喜欢旁敲侧击，当部属的得成天跟他猜心思，生怕琢磨不透他。也有人称他是“呵呵部长”。他是一个不轻易表态的人，有时会上该他表态决断的事，就在这拍板定案的一刹那间，他总是呵呵一笑，一笑了之，就没了下文。这下就难倒了具体办事的人了，不知是办好，还是不办好。

更多的人则认为他是一个“笑面虎”。不管遇上谁，也无论是比他官大的，还是官小的，魏鹏总是一见面就笑嘻嘻的，特别有亲和力。时间一长，组织部的人都怕看到他笑容满面的样子，私下都称他是一个笑里藏刀的人。多数人都对他敬而远之，就连几个副部长一般要是没有非去他办公室需要当面商量或汇报的事，都会躲得远远的。

从表面上看，魏鹏成天笑呵呵的，没有一点权力欲望，但实质上他把手中的权，可以说是用到了极致。在他心中跟明镜似的，什么样的权能带来名，什么样的权能带来利，什么样的权啥也带不来，什么样的权是出力不讨好的。大凡不能带来名和利的权，他都会放手让副部长们去抓。大凡又有名又有利的权，他是抓得牢牢的，任何人也别想插上手。他常说的一句口头禅是：“当部长的，是管方向的！得抓大放小，得学会弹钢琴，切不能眉毛胡子一把抓，捡了芝麻丢了西瓜。”另外他还有一句名言：“当班长的，要敢于放权，善于放权。只有这样，才能最大限度地调动一班人的积极性。”

于是乎，魏鹏名正言顺地把全区选用科级干部这个权力，始终紧紧地握在自己手中。据传说，他对提拔科级领导干部都明码标价。有实权的局、委、办，诸如发改委、卫健委、财政局、教育局、城管局等，以及街道正职的，提拔时至少得给他送上 10 万元；有实权的副职与只有一般权力的局、委、办正职同价，至少得给上 6 万至 7 万元；一般权力部门副职与无实权的部门同价，诸如文联、妇联、残联、社联等，原则上给 5 万元左右即可。有常委分管的单位和有区以上领导当面打招呼的，或推荐的，他也会寻找一些借口，设置一些障碍，好从中雁过拔毛。

魏鹏最为精明之处在于，他私下收了钱，还得让组织给他买单担责。每提一批干部，都是严格经书记碰头会先酝酿、沟通，后民主推荐、考核、公示，再经书记会研究后，提交常委会讨论，再公示、任命。就是宣布命令，他也从不到场，都是由常务副部长代劳，他只管背后数钱，从不留任何痕迹、任何把柄。从程序上讲，一点毛病都挑不出来。要是其中出了什么问题，也完完全全由大家一起跟着背锅。

## 五十六

区编办主任空缺一年多了，王拆迁曾私下几次找到魏鹏，想把一直主持工作的副主任齐洪涛转正。魏鹏哪一次不是当着王拆迁的面一口许诺，可就是拖着不办。

王拆迁虽说是区委副书记、区长，但要想提拔个科级干部，还就绕不开魏鹏。组织部要是不提名，连会都上不了。这真是县官不如现管，弄得王拆迁一点脾气都没有。

其实魏鹏也了解，齐洪涛并非是王拆迁的心腹，只是齐洪涛有个转了几道弯子的表嫂，和王拆迁是大学同学。据说，他的这位表嫂是当时的校花。王拆迁上大学时，还曾暗恋过她，是他的心仪对象，只是苦于没有找到适当的机会向她表白，捅破这层窗户纸，而错失良机。

没想到时隔十五年，在一次同学聚会时，当初暗恋的心仪对象居然出现眼前，王拆迁真是激动不已，两人聊得也十分投入。闲聊之中，她无意中说自己有个表弟在王拆迁手下工作，请他多多关照。王拆迁心想，齐洪涛在区上口碑尚好，现在又是编办主持工作的副主任，去掉一个带的“副”字，也是迟早的事。况且现任的组织部长，又是自己以前的接班人，帮人提个正科，那不是小菜一碟的事嘛！一想到这，王拆迁不假思索地当场拍着胸脯应下了此事。

可让王拆迁百思不得其解的是，魏鹏每次都是说得好好的，可怎么一上会研究干部提拔任命，就是找不到齐洪涛这个名字呢？这让王拆迁十分不快，要是凭自己以往的性格，王拆迁肯定跟魏鹏当场就撕破脸。但他转念一想，毕竟两人都是给一个老领导当过秘书的，这不看僧面还得看佛面呀！况且这事有求于他，闹得越僵，事就越难办，自己在暗恋对象面前丢的面子就越大。

为此，王拆迁只好强按着性子，对魏鹏忍气吞声。后来王拆迁无意中听人说，魏鹏是一个只认钱不认人的人。王拆迁开始怎么也不相信这话是真的。可转念一想，自己请他办的事，只是一个举手之劳的事，就是这样一个顺水人情的事，他硬是拖着不办。这其中一定有什么蹊跷！至于什么蹊跷，王拆迁一时怎么也想不出来。他想：就算魏鹏再怎么喜欢钱，怎不能连我的钱也想要，也敢要吧……

“咚咚、咚咚”，就在王拆迁苦思冥想时，响起了一阵轻轻的敲门声。

“请进！”王拆迁连头都没抬。

进来的人点头哈腰一阵后，临走时，还从包里掏出一个信封，往王拆迁办公桌上放，满脸堆笑地说：“快要过年了，提前来给区长大人拜个年！”

“谢了！谢了！”

等那人一走，王拆迁顺手打开信封，一看里装有每张面额为 1000 元的购物卡，共 10 张。王拆迁想都没想就往口袋里一塞，大步流星地离开了办公室，直朝区委组织部走去。

一进魏鹏办公室，魏鹏又是递烟，又是让座，十分热情。

“王区长！是无事不登三宝殿。有啥指示，尽管吩咐！”

“部长老弟，我哪敢有什么指示呀！只是顺道来看一下老弟……对了，你都来大半年了，做哥的连顿饭都没顾上请，实在是歉意呀！这不快过年了，哥给你几张卡，权当是表示道歉！”

“区长大人！您这是折杀小弟哦！小弟还没孝敬老哥，哪能收哥的礼物呀？”魏鹏皮笑肉不笑地说。

“泉水啊，泉水……”王拆迁的手机响了。他掏出手机接了电话后，就对魏鹏说：“老弟，不好意思！临时有个事，得去处理一下，我就不久留了，有机会咱哥们儿再聊。”说完就离开了魏鹏的办公室。

王拆迁一走，魏鹏就叫来常务副部长，给他布置启动对区编办主任人选的考察工作。年前，齐洪涛拟任区编办主任一职的事就上了区委常委会。

王拆迁一下心知肚明了。从此，王拆迁再也看不起魏鹏了，久而久之，两人开始面和心不和了。

# 五十七

钱江听到这些传闻，以及在省纪委工作期间收到的那一举报件，心里就像打翻五味瓶，不知是啥滋味。他想，得找个机会去好好会会他们，捅一捅这个马蜂窝。

“四个限期”专题警示教育已接近尾声，按照规定，全市上下还有一个规定动作：就是以肃清张大山遗风遗痕遗毒为切入点，开展一次专题警示教育民主生活会。钱江就自告奋勇带队去参加江岸区委领导班子民主生活会。

会上，主持会议的区委书记朱泽农倒显得有些紧张，生怕哪个环节出差错，给新任纪委书记留下个不好的印象，就小心谨慎、一字不落地照本宣科。到了常委个人对照检查和开展相互批评时，大家都避重就轻，说些冠冕堂皇、不痛不痒的话……

钱江听着、听着，再也沉不住气了。他干脆直接叫停会议，顺手打开麦克风说：“民主生活会，是一项很严肃的党内政治生活，不是让大家隔靴搔痒，更不是让大家相互吹捧摆好的！是要让大家真正把自己摆进去，结合自己的思想、工作、生活，认认真真地对照党章、党规、党纪的要求，对照反面教材，深入剖析自己，给自己画个像。这个像，不能面目不清、千人一面、模模糊糊。还有就是开展相互批评，不能遮遮掩掩，和风细雨，敷衍了事。我们召开民主生活会的初衷，就是要咬耳朵、扯袖子、红红脸、出出汗。只有这样，才能排排毒、治治病，不断增强我们的免疫力……”

朱泽农听了钱江这番话，一直是忐忑不安，直打鼓，真是怕什么，偏偏就来什么。顿时，朱泽农大汗淋淋，脸也是红一阵子、白一阵子，握笔的手也在不停地颤抖着，脑袋也嗡嗡直响。至于钱江还说了些什么，朱泽农是一句话也没记下，一句也没听清楚。不过有一点，朱泽农记得确切，那就是钱江要求他们的民主生活会得重开，并在三天后还要来参加他们的会议。

钱江虽说对他们的民主生活会不满意，但也从中听出一些弦外之音。譬如说，有人当面对王祥瑞提出要把更多精力和心思用在区域经济建设上；而对魏鹏提的意见则最多的是要善于选人用人识人。钱江心里明白，这些意见不仅仅是意见，而是常委们当面不好撕破脸所采用的一种策略；或不想红脸而采用的一种语言艺术；或不想给人当场难堪的一种说话方式。

钱江刚回到办公室，联系县区纪检工作的二室王主任就赶来汇报说："魏海波已坦白交代，他与区委组织部长魏鹏都住在邻市郊区同一个村庄，而且还是同一个家族的。按辈分，魏海波还长魏鹏两个辈分，魏鹏还得叫魏海波爷爷呢！以前魏鹏没到江城工作，他的父母一生病，都是舍近求远到江城来看病。因为他们的远房叔叔魏海波在江城卫生系统当官，亲戚来了好办事。魏海波对从老家来的沾亲带故的人，从不敢怠慢，都是跑前跑后，帮着找专家看病。就是这样的亲戚关系，自己提拔，还得要看他的脸色，不给送钱，就是天王老子也不行，魏海波照样得给他管叫孙子的魏鹏送了 10 万元。"

魏海波还交代说，别看魏鹏台上台前标榜自己如何如何廉政，其实背地里是一个钻进钱眼里的人。找他办事，没钱不行！钱少了，万万不行！举个小例子说吧，为了捞钱，他叫自己的弟弟在江岸开个烟酒店，别人给他送礼，名烟名酒都从他弟弟那店里买。他收下礼后，又交给弟弟再原价卖出去。还有他下岗的小姨子也从老家赶来，在区委附近开了家饭店。凡是有人请他，只要在他小姨子饭店，他是有请必到。熟悉魏鹏的人都知道这一公开的秘密，只要送礼、吃请都一定会光顾这两个地方。也有人私下称这两个店都是魏鹏洗钱、挣钱的地下钱庄。

钱江一听这个汇报，拳头握得很紧，当即指示召开纪委常委会。会上，大家一致同意对以前收到的几封反映王祥瑞、魏鹏的举报信暂存件迅速启动外围调查。

# 五十八

初核程序启动半个月之后，钱江回省城开会，偶遇一位在公安机关的战友。一见面，那位战友就给他讲了一个笑话，说前几日，他们经侦支队破获了一个诈骗案。

那个诈骗嫌疑人，叫钱广，专门从事经济诈骗。这些年，此人利用网络、电信等手段，先后冒充公、检、法，包括纪委工作人员先后诈骗、敲诈勒索近 10 名公职人员。据此人交代，他不久前在一个饭局上，有幸结识一个叫王祥瑞的区长。他俩谈得十分投机，他告诉王区长，自己是他们市里纪委书记钱江的侄儿。如果王兄今后要是遇上什么麻烦事，不便出面，作为兄弟定会两肋插刀。

没想到，说者无意，听者当真。当晚饭局一散，做东的开发商就陪着王区长深夜亲临宾馆，啥话没说，就给他送上 20 万元。那个诈骗嫌疑人一再推辞说：“无功不受禄！不能收王兄的钱。”但心底却好大欢喜，没想到饭桌上，一句不经意的话，就能白白挣上这么多的钱。

没等战友把笑话说完，钱江就暴跳如雷了，心想：连同自己，往上三代都是单传，哪来这样一个侄儿？什么都有假冒的，还没听说过，居然还有人假冒别人侄儿的。

战友一见钱江这般模样，就笑了。他说："为了防止你真有这样一个侄儿，我还悄悄上你家，旁敲侧击地问了问你家老爷子，有没有一个叫钱广的侄孙子。老爷子当场一口回绝，绝无此人。"

这虽是一个笑话，但在钱江看来，这叫此地无银三百两，王祥瑞绝对屁股不干净。不然绝不会对一个萍水相逢的陌生人，出手如此大方。他当场就掏出手机，给二室王主任打电话，叫他们迅速派人带上手续来省城看守所提审钱广。

经核查，那个叫钱广的人对收受王祥瑞 20 万元的事供认不讳，而且还交代了一些细节。

纪委常委会上，当大家听了关于王祥瑞、魏鹏严重违纪违法一些事实的初核情况汇报后，深感触目惊心，耸人听闻。

更令人啼笑皆非的是，两人同为一位老领导当秘书，居然为了个人私欲，相互唆使人写举报信，在背后捅刀子，打黑枪。这种狗咬狗的勾当，让人十分恶心。

有常委说："王祥瑞看似是一个见过大市面、聪明绝顶的人，却聪明反被聪明误，实属可悲！"

更多的常委十分感慨地说："从表面上看，魏鹏是一个正人君子，没想到他背地里买官卖官，收受贿赂成瘾，就连自己同宗的长辈的钱也敢要，还有谁的钱他不敢收、不敢要啊！人真不可貌相呀！此人一日不除，就会一直损害政治生态，就会一直败坏党风！"

会上，大家一致同意：报请市委批准后，立即对王祥瑞、魏鹏采取双规强制措施。

# 五十九

9月的江城，虽没有沿江四大火炉城市那么炎热，但还是显得格外闷热。天，就像一口倒扣的锅，闷得人透不过气来。

这天下午，全市处以上干部纷纷进入市委礼堂，有的一进来就找到自己的座位坐下，也有的三三两两地围在一起寒暄，也有的站在过道上惬意地吸着香烟……大家等着全市“四个限期”专题警示教育总结大会的召开。

离会议召开大约只有几十秒了，参会人员赶紧坐下。就在这时，王祥瑞、魏鹏突然被五六个身材魁梧的人，从座位上叫起来。两人一从座位上站起来，就脸色苍白，大汗淋淋，浑身颤抖，两腿早已不听使唤了，硬是被架出了会场。

参会人员一见这阵势，都明白是怎么一回事了。有的倒吸一口凉气；有的暗暗地说：“多行不义必自毙，子姑待之。”也有的窃窃私语：“新一届市委、纪委领导班子不同凡响，敢出重拳，震慑……”

“同志们，请安静！现在开会了！……”主持会议的市委副书记好像刚才的一切都没有发生似的开腔了。

会场，顿时安静下来了。人们都在猜想，纪委书记钱江的警示教育总结报告一定会透露出会前发生的那一幕的消息。可左等右等，钱江50分钟的报告半个字都没说，只是在会上，反复表明对腐败问题零容忍、露头就打、绝不手软的坚定态度。大家在想：这么重要的事可能会由市委书记在讲话中亲自宣布。令人有些失望的是，书记居然也没提。

不过，当晚8点，市纪委网站同时发布了两条重磅公告。

一条是经省委批准，对王祥瑞实施双规；另一条则是经市委批准，对魏鹏进行双规。两条公告，一夜之间，就刷了屏。

一个月后，市纪委网站上又同时发布出三个通报。

第一个通报是经市委常委会研究，并报省委批准，对朱泽农同志的党纪政纪处分决定。通报上称：朱泽农同志作为区委书记没有履行全面从严治党主体责任和第一责任人的职责，致使班子连续发生两起重大腐败案，应当予以追责。经研究决定，朱泽农同志留党察看一年，并免去区委书记一职，由正处级降为主任科员。

第二个通报是针对王祥瑞的。经查，王祥瑞丧失理想信念，背弃初心使命，对党不忠诚，处心积虑对抗组织审查，甘心被围猎，经常接受可能影响公正执行公务的宴请，违规出入私人会所，违规收受礼品、礼金；把公权力当成谋取私利的工具，利用职务上的便利在企业经营、工程承揽以及土地受让、医疗设备采购等方面为他人谋取利益，并非法收受巨额财物；工作作风霸道，并在强拆中为特定关系人从中谋取私利；生活腐化堕落，长期与他人保持不正当的男女关系……

王祥瑞严重违反党的政治纪律、组织纪律、廉洁纪律、工作纪律、群众纪律和生活纪律，构成严重职务违法并涉嫌受贿犯罪，且在党的十八大后不收敛不收手，性质恶劣，情节严重，应予严肃处理。依据《中国共产党纪律处分条例》《中华人民共和国公职人员政务处分法》等有关规定，经市委研究并报省委批准，决定给予王祥瑞开除党籍、开除公职处分；收缴其违纪违法所得；将其涉嫌犯罪问题移送检察机关依法审查起诉，所涉财物随案移送。

第三个是对魏鹏腐败问题的通报。经查，魏鹏身为党员领导干部，丧失理想信念，丧失党性原则，并利用职权之便，拉帮结派，买官卖官……严重违反党的政治纪律、组织纪律、廉洁纪律、工作纪律，并涉嫌受贿犯罪，其性质恶劣，情节严重，应予严肃处理。依据《中国共产党纪律处分条例》《中华人民共和国公职人员政务处分法》等有关规定，经市纪委常委会研究并报市委批准，决定给予魏鹏开除党籍、开除公职处分；收缴其违纪违法所得；将其涉嫌犯罪问题移送检察机关依法审查起诉，所涉财物随案移送。

## 六十

这些天，钱江一直在思考一些问题：怎样才能严防老问题反复、小问题做大、新问题萌发？采取什么样的方法与手段去减少存量控制增量、防止变量？怎样构建一个不想腐、不能腐、不敢腐的机制体制？钱江想：这就得从源头抓起，就得关口前移。只有这样，才能打好反腐败斗争的主动打仗！

为此，这些天，钱江一直在忙于在全市范围内部署建立健全巡察机制和廉政风险防控机制，研究制定《江城市巡察工作实施细则》《党员领导干部廉政档案》《党员领导干部廉政风险防控大排查》《关于广泛开展党风廉政教育微党课、微课堂、微论坛、微交流、微培训“五微”实施意见》等等，并在全市深入推进全面从严治党工作大会上推出这一系列举措，会上还聘请了一批党风监督员。这批监督员中有明的，还有一些隐形的。至于隐形的都是谁，任何人都不掌握，只有钱江一个人掌握。用钱江的话说，叫“信任不能代替监督”，他要擦亮监督的探头，让探头更灵、更亮、更活，不留死角，使全体党员干部时时、处处、事事都在监督的范围内。

没想到，这招还管用，真灵敏，一些微腐败，一些侵占群众利益的人和事，还在萌芽之中就被遏制了。

一个小官大贪的“房叔”，经群众举报，被绳之以法！

一个贱卖国有资产的蛀虫被挖！

一个满嘴廉洁奉公的局长，被揭开两面人的神秘面纱！

……

钱江埋头认真地批阅着《纪检快报》，忽然，耳边响起了轻轻的敲门声。

“请进！”钱江一抬头，就见一名身穿公安制服的中年男子进了门。钱江一眼就认出了来人不是别人，而是市公安局的隐形监督员洪东亮。

“没有打扰书记吧？”洪东亮微笑地说。

“没有、没有，快坐！”钱江一边和他热情地握手，一边让座。

洪东亮在钱江对面一坐稳，就开始给钱江讲起他近日发现的两件“怪事”。

一件是在南山湖畔别墅群内，有一个清洁工在一幢别墅围墙下捡到一个精包装茶叶礼品盒，打开一看，盒子并没有茶叶，而是塞满了钱，足足10万元。那位清洁工到处询问有没有丢掉礼品盒？钱书记，您说怪不怪，硬是没人来认领。无奈她只好把东西交给了当地派出所。

第二件事，就是江岸区有个卖淫团伙，公安机关也侦察过好多次，可每次一行动，都是人去楼空，硬是抓不到。我呀！当然不仅我一个人，我们局里好多人都怀疑，这中间肯定有内鬼或保护伞。可是内鬼或保护伞又会是谁呢？都说不准，但又不敢胡乱猜疑，怕影响内部团结。钱书记，你说，我说得对嘛！

“不愧是人民的好公安！你的发现，太重要了！谢谢小洪！你给我们提供这么重大的问题线索。”钱江显得十分高兴，紧紧握着洪东亮的手，说。

# 六十一

洪东亮提供的两条线索很有价值，也很重要。

钱江当即指示兵分两路：一路，由一室的同志负责去调查那个无人认领的礼品盒；另一路，则由驻市公安局纪检组负责核查保护伞的事。

钱江部署完工作后，补充说道：“丢弃茶叶礼品盒，本身没有什么调查价值，关键是里面藏有 10 万元，有点常识的人都不会把这么多的钱藏到茶叶盒中，而且还随手放、随手丢。这其中最有可能的就是有人送礼不好直接给而故意放进茶叶盒中，收礼人误认为茶叶已发霉了，就扔了，正好被那位清洁人员捡到。调查的侧重点应放在这样三个问题上：一是谁送的？二是送谁的？三谁扔的？”

钱江部署完任务，就回到了办公室。刚一进门，就见冯文彬坐在沙发上，跷着二郎腿，嘴里还唱个小曲，一副洋洋得意的样子。

“哥，今儿一定有什么喜事，要来告诉小弟吗？”

“呵呵，啥事都瞒不过你。”

“到底是啥事，让哥心里美滋滋的。”

“这事在别人身上可算不上啥喜事，可在我冯文彬身上，应当是喜上加喜了。”

“是嘛！那说出来，让弟也沾沾你的喜气。”

冯文彬笑逐颜开地讲起了这几天发生的事。他告诉钱江，上周二，他又被省纪委找去谈了一次话。这次找他谈话的是省纪委副书记。副书记告诉他，由于他认错态度好，又是主动向组织说明自己的问题，组织上也根据他的一贯工作表现和平时自律情况，以及群众反映，经综合考量，最后研究决定，给他党内严重警告处分一次，并交流到其他市工作。冯文彬说，前一条他是愉快而真诚地接受了。对后一条处理建议，他说有自己的想法。

“那你到底是怎么想的？想干啥？你呀，你，你怎么还和组织讨价还价。”钱江说。

“别那么沉不住气呀，我就跟他把你那天跟我说的话重复了一遍。”

“我跟你说的话多着呢！是哪一句呀？”

“你不会说过就忘记了吧？”

“是啥话吗？”

“我就说嘛……”冯文彬咳嗽了几声，清清嗓子，不说话了。

“少跟我卖关子装腔作势了。”

“呵呵，我就说，我们市那个姓钱的小书记叫我辞职回家当个专职画家。”

“你真是那么说的呀？我那就是一句玩笑话，你就当真呀！”

“是呀！我可没把这话当作玩笑，你说出了我的心里话。”

“那书记怎么说？”

“书记就问我是不是在闹情绪。我就告诉书记，绝对不敢跟组织闹啥情绪。接着，我可是费了九牛二虎之力跟书记好好解释了一番。”

“那书记能信你的话吗？”

“可能信，也可能不信。”

“那不是一句废话嘛。”

“呵呵，皇帝不急，太监急！看把你急的，告诉你吧！昨晚书记给我打电话了，说他们征求省文联的意见，并与省委组织部进行了沟通，认为我去文联任个职，能发挥我的特长。”

“知人善用，人尽其才呀！”

“还是组织英明伟大！没有一棒子把我打死，还给一个能施展个人才华也是我喜欢的一个平台。”冯文彬感慨万千地说。

“对了！这，你跟嫂子……”

“别跟我提她了，我已跟她离婚了！”

“为啥？”

“你是揣着明白装糊涂！”

“是不是因为那个赵一鸣呀？”

“可不是嘛！她硬是胡搅蛮缠说我兄弟抓了他弟弟，一直闹个没完没了的，这日子也没法过了……”

“哥，是我对不起你了……”

“别说这不高兴的事，走，陪哥出去走走。”

他们一起来到了郊外。这时，郊外没有喧闹声，只有小鸟在森林里自由而欢快地飞翔着……

# 六十二

两路撒出去的人马，出去一周，还没有任何进展。

钱江有些坐卧不安了。按常理说，这两路人马都是老纪检了，调查经验也很丰富呀！怎么一点突破都没有……或许这没有音讯，就是最好的音讯。

钱江坐在办公室，两眼望着窗外，直发愣。

“钱书记，我们回来了。”一室主任意外地出现在钱江面前。

“怎么样，问题都查清楚了吗？”钱江急切地问。

“都查清楚了。”一室主任简单把他们这一组这几天调查的情况向钱江做了简要汇报。

“那好，那好，通知相关人员到会议室去，先听听你们的汇报，再研究一下下一步要采取的措施。”

“是！”

一会儿，书记、副书记、常委，还有相关室主任都围坐在一张大大的椭圆形桌前，聚精会神地听主任汇报着。一室主任语言表达能力特别强，说话不快不慢，吐字清楚，而且说起来话抑扬顿挫，是市纪委最著名的晚会主持人。他往桌前一坐，喝了口水，就像讲故事一样娓娓道来。

那天我们一行六人，两人一组，分三组去南山那边去了解情况。一组是直接去找那天捡到茶叶礼品盒的那位清洁工，第二组去南山湖畔小区，找物业了解情况，另一组去当地派出所核对情况。

先说我这一组吧！我们一见到那位清洁工，她仔仔细细地给我们介绍了她是怎么发现这那袋茶叶的。她说那天，正在七幢别墅最东头扫地，扫着，扫着……突然身后，响起“扑通——”一声，她当时还以为什么人摔跤了，就转身望去，可什么人也没看到。她也很纳闷，明明听到响声，咋什么也没看到，真是活见鬼了。

就在这时，她发现东头最边上的那幢别墅，也就是第七幢别墅围墙下，有个红色硬纸板袋子。她就走过去，顺手捡起来，随手扔进垃圾箱。就在扔的那一瞬间，她感觉纸袋子好像有些沉，不像是空的，于是，就弯腰伸手从垃圾箱里把袋子重新拿回来。她用手掂了掂，感觉不像是茶叶，两筒茶叶就一斤重。而手中的这两筒却很沉。但她又敢打开，觉得是人家的东西，私下打开不合适。她就在原地等掉东西的人能回来找，可是等了好久，也没见人影。

她想，这儿住的都是有钱人，可能是因为茶叶放陈了或受潮了，不能喝了，人家就扔了。她想自己先打开看看，茶叶还能不能喝，如果要能喝，她就带到工作室，给大家上班泡着喝。没想到，一打开，却把她给吓呆了：“我的乖乖，这辈子也没见过这么多钱呀！这钱，我扫上多少年的地，也挣不到啊。”她颤抖着，半晌也不知如何是好，另一袋茶叶礼品盒，她就没敢再打开了……要是谁掉了这么多钱，那不急死了吗？

不由分说，她就挨门逐户地问，有没有哪家掉了什么东西？整个小区都问遍了，也没人说丢失东西。无奈之下，她就把捡到的东西送到了南山派出所。

一到派出所，值班民警还不愿意收。当听她说这茶叶不是普通的茶叶，当班民警笑了，对她说：“再不普通，它也是茶叶！”她一听急了，说：“真不是普通茶叶，不信你们看看。”在场民警一听，都笑了：“再贵重，也是人喝的茶叶呀！有什么稀奇古怪的。”她看在场民警都不信她的话，就当场打开沉甸甸的那袋子，这一打开不要紧，在场的人全惊呆了。

后来，这位清洁工又带着我们一起去了她那天捡到茶叶的地方。经过实地勘察，觉得这茶叶，最有可能是第七幢别墅B座那户人家的。那户别墅二楼阳台的窗口东边正好与围墙在一条线上，放在窗台上的东西，完全有可能掉落到围墙外。

我们问，那位清洁工当天有没有问这户人家。她说她去了这户人家，敲了半天门，这家没开门。我们还问，那当时这户有人在家吗？她说，当时隐隐约约地听到屋里有走动的声音，但就是没人开门。

## 六十三

第二组从物业那打听到，这个小区，是2017年建造好的，小区共有20幢别墅，每幢住有两户，共40户人家。由于小区位于远郊，交通还不是很方便，因而入住率还不高，大约只有45%的入住率，住的均是本地较富有的或原籍江城而在外地工作的成功人士。据物业介绍，小区安保一向很严，从未发生过偷盗事件。前段时间，没听说过哪家被盗或丢失东西。

第三组了解的情况大致与我们相同。派出所两名警察还请那位清洁工介绍了当时的情况，并做了文字记录；同时还与她一起现场清点了盒子里装的钱，一起签字画押。还有派出所的监控也调了出来，比对完全一致。

不过，据我们分析研判，这东西最应当是七幢B座那户人家的。为了精准找出丢东西的这户人家，我们还扩大范围进行逐一排查，我把七幢、八幢，以及与之仅相隔20米宽一条路的并排两幢别墅最西头的A座都进行了一一排查。最后发现，只有七幢B座嫌疑最大。

这户购房者是一名叫方坤的人，此人今年21岁，三年前去英国留学，几乎出去后就没回来过，据保安介绍，也从没见过此人。从房产登记上看，是方坤。但从开发商那调的底根上看，开票日期为2017年9月15日，也就是说，那时方坤正在国外读书，不可能回国购房。同时，从银行当时转款流水上看，钱是从一张建行卡转出的，卡号是×××××××，这一点，也与开发商的底根相符。据查，此卡持有人叫田进，是一个建筑承包商，专门承包公路、桥梁、隧道建设工程。但奇怪的是，田进与方坤并无任何关系，他为何要替他付全部房款？这是疑点之一。

疑点之二：这套别墅基本上隔个十天半个月，就有一位三十几岁年轻貌美的女子开个宝马车先来，然后会过好长时间来辆黑色普桑，从车上下来一个五十好几，秃顶，又矮又胖的男人。那么这个漂亮女人是谁？那个秃顶男人又是谁？

疑点之三：每年的物业费，都是从一个叫方晓虹的持卡人的银行卡中转来，水、电、气费也是从这张卡中自动扣除。这个方晓虹又是谁？

后经派出所大力协查发现，方坤是市政建设工程集团董事长苗正刚与前妻方晓虹之子；而那年轻女子又与他们是什么关系？田进为什么帮助付这笔房款？接着，我们又调取了物业当天监控录像，发现丢弃茶叶礼品盒的当天，相隔43分钟，那辆宝马和普桑都是一前一后进入小区的，直到第二天早上，普桑先走，宝马后离开。

经交警部门从车牌照登记和车辆登记中，以及保险公司投保记载调查得出相同的结论：普桑车拥有者、投保者均为苗正刚，宝马车拥有者、投保者也都是一个叫闻多喜的女子。

同时，我们还从市公共资源管理局抽取了市政建设工程集团近五年来通过这一平台进行的招投情况，又悄悄调取了该集团近五年的建设工程项目合同，双管齐下，惊奇地发现一个秘密：就是该集团与田进注册的华远建筑公司在这之中，先后有三次较大的业务往来。最大的一笔是价值 1.28 亿元的南山隧道工程建设项目。

大量事实都明确指向一个人：那就是市政建设工程集团董事长苗正刚！那么为什么会丢弃装有大额钱款的茶叶礼品盒？又是谁丢弃的？这背后又隐藏着什么样的秘密？那个年轻漂亮的女子和他又是什么关系？他有没有涉及违纪违法问题？这只有靠苗正刚来给我们解开这个谜。

## 六十四

一室主任绘声绘色地介绍完调查情况，会场气氛一下子就热烈起来了。

有的认为，苗正刚有重大违纪违法嫌疑，建议立即立案对其展开调查。

也有的认为，单凭这些尚未定性的谜团或疑问，还不能判断其是否真的就存在违纪违法行为，暂还不能轻易介入调查。

而更多的人认为，不能打草惊蛇，先从外围入手，掌握其一定违纪违法事实后，再采取强制措施。

……

会场上，争论十分激烈，讨论十分充分。

大家各抒己见后，钱江沉思片刻说："一室的同志初查，很扎实，也很有成果！刚才同志们的讨论都颇有道理。我也十分赞同！我们能不能采取多管齐下的方式，先不惊动苗正刚，从外围入手，譬如说，请审计部门出面，对他进行任中审计；对田进进行暗中调查，看看能不能从此人身上寻找到突破口；能不能争取创造条件与苗的前妻方晓虹，以及那个叫闻多喜女子接触一下，看能不能寻找出一些蛛丝马迹。还有就是要实行边控，以防其外逃。当然这些都是辅助性、基础性的调查。但是有一点我必须强调的是，我们的各种调查一定要确保其合法权益不受侵害。我们真正的目的，就是要拿到确凿的证据，来认定其是不是存在违纪违法行为，违纪违法的程度又有多深。我们不冤枉一个好人，但也绝不能放过一个腐败分子。一定要以零容忍的态度，严厉打击腐败分子，以净化、优化我们的政治生态，促进经济社会健康发展。"

钱江对此一定下调子，纪委上上下下纷纷行动起来。先是协调市审计局派出审计组进驻市政建设工程集团，对董事长苗正刚进行任中审计。边控也在一夜之间，全部到位。外围调查，也在悄悄展开。

半个月过去了，调查仍是毫无进展。

审计反馈的情况，其单位合同、账目，暂未发现明显漏洞，只是出现一些瑕疵……审计正在进行延伸。

方晓虹忽然出国陪读去了，闻多喜也是神龙见首不见尾，无法接近。

就在调查陷入困境时，突然传来一个重大消息：田进修建道路时，因雇佣一些社会渣滓充当打手，进行强拆强迁，被公安机关以涉黑立案抓捕。这真是“山重水复疑无路,柳暗花明又一村”呀！消息一传到纪委，一室主任迅速带领工作人员赶往市看守所连夜进行突审。

据田进交代，南山那幢别墅是市政建设工程集团转包给他沿江大道南山段项目的一笔酬金。他还清楚地记得，2017 年 7 月的一天，他正在工地上组织大家施工，突然苗正刚来了，说是来检查一下他们的施工质量。他看了没多久，苗正刚就跟他说，正好附近在建一个别墅群，想顺道去看一下。他就陪苗正刚一起去了。那个别墅群刚建好，正在进行内部绿化和道路铺设。苗正刚看了看周边的环境，又进别墅看了好大一会儿，出来后自言自语地说：“我要是有这样的别墅就好了！”

当时，田进说自己并未留意苗正刚的话。可回来后，他越想越不对劲，平时苗董事长从来不过问施工质量，都是他手下的技术人员来监理，今儿为何自己亲自来呀，而且还一个技术人员都没带？这葫芦里究竟卖的是什么药呀？来就来，又为何叫着自己一起看那个别墅呀？田进一下闹明白了，就跑去交了预付款，预订了一套别墅。到了 9 月十几号，田进从银行转了全部房款，就约苗正刚一人去一家饭店吃饭，并亲手将购房合同、银行凭据一起给了苗正刚。苗正刚当时还是半推半就收下的。记得当晚本是田进买单，后来苗正刚硬是抢着买了单。

# 六十五

田进还坦白交代说，苗正刚这人，乍接触，给人的第一印象，憨厚、朴实，不善言表；但往深一处，此人老谋深算，十分老成，而又善于伪装。他要想伸手找你要好处，从不主动开口，只是给你一种暗示。如你不及时满足他，你往后就别想从他那捞到一点一滴的好处，属于那种最为典型的既想做婊子，又想立牌坊的人，而且还特别贪。他不仅贪财，同时也很贪色。

据田进交代，这些年，他从市政建设工程集团先后接的大大小小的活有五六次，累计工程款达 3 个多亿，他给苗正刚购房、装璜，安排旅游，送现金、购物卡以及各种各样的贵重物品，已近 700 万元。他说，他有一个小账本，放在办公室的保险柜里，上面都有详细记录，还有一些留存的发票。

田进说，光自己的华远建筑公司在承包市政建设工程集团南山隧道工程建设项目中的土方运输，以及石料、钢筋供应，三个项目约有 2800 万元，真正从中获得的纯利润不到 900 万元，而他又从中先后给苗正刚送了近 300 万元。

苗正刚这人很精明，要想从他手上捞取油水不是一件很容易的事。市政建设工程集团只要中标一些大工程，苗正刚都会将这些大工程拆分成若干个小项目，再分包给平时跟他关系比较铁的公司。其实这些所谓关系铁的，也都是对苗正刚出手比较大方的一些承包商。苗正刚之所以精明，就在于他善用规则，表面上看不出他任何破绽，都会认为他是一个公正、透明、廉洁的好官。在我们这些大大小小的承包商心里，苗正刚是一个他吃肉，我们喝汤，让你饿不了，撑不着，恨不起，爱不上的人。

就拿南山隧道工程建设项目来说吧，这个项目市里总投资2.1个亿，市政建设工程集团中标后，就拆分成挖掘、土方等大大小小7个子项目，然后通过招投标平台，公开对外进行发包。这些企业中标后进场施工，都打着市政建设工程集团的旗号干活。这时的市政集团，充其量只是起到一个二房东的作用或管理公司的职能。市政的员工既不用干活，又能拿到钱。为此，没有一个员工不说苗正刚的好。苗正刚，这叫一举多得，名利双收，面面光滑。他讨好了员工，一个个承包商从中尝到了甜头，而他自己又不动声色地从中获得巨额回报。

苗正刚有个儿子在国外留学，一年花销该有多大？苗正刚年薪才30万元，他就是一年不吃不喝也就30万元，儿子在国外，学费、吃喝都不算，光他儿子在国外一年下来租房的钱，也肯定是一个不小的数字。

苗正刚平时哪来这么多钱呀？还不全靠我们这些承包商供着。他田进就曾经给他儿子汇过10万元，其他能从苗正刚手中接到活的人，还能不出血吗？这已是公开的秘密了。

## 六十六

田进说苗正刚贪色，主要是和他抢了田进最喜欢的一个女人有关。田进说，他知道苗正刚贪色，刚开始也只是听外界传言。

据说前些年，苗正刚在外包养过一个女人，后来被他老婆方晓虹发现了，两人闹得不开可交。为了不扩大影响，苗正刚就和她协议离婚了。离婚后，苗正刚人前是人，人后是鬼，生活很不检点。

田进说，要不是自己亲眼所见，怎么也不会相信一个外表光鲜的市属大企业董事长，居然连他这个土包子都不如。

那是在2016年夏天，田进邀苗正刚一起去南方旅游。到了晚上，苗正刚带着一个女人到房间过夜。当时，田进还误以为她是他的朋友，也就没多问。到第二天早餐时，田进随口问了一句："苗董，您朋友怎么没一起下来吃饭？""噢，那女的，不是我什么朋友，是只野鸡！"田进一听，先是一愣，后又想：苗董再大的官，他也是人呀！更何况他是个离了婚的人，有这样的需求，也很正常。但田进认为，在外嫖娼不安全。他关切地说："苗董，在外不是知根知底的女人，千万不要睡。还有到一个人生地不熟的地方，最好别干那事，万一遇上公安查房，咱们也摆不平。""咋的啦？""我的意思是说，别染上病了……""嗯，知道了！"

这是田进第一见到苗正刚最丑陋的一面。在田进心中，苗正刚就是一个伪君子、一个小丑。

"那抢你的女人，又是什么意思？"主任问。

"是这么一回事，我们公司曾高薪聘请一个长得十分水灵漂亮的女子，叫闻多喜，来当公司的主办会计。开始，我对她只是看着顺眼，并没有对她动过歪心思。后来发现她不仅人长得漂亮，而且账做得特别好，十分精通会计业务，每年还能帮我合理避了不少税，省了不少钱。我就从看着顺眼，到用得放心，时间一长，就日久生情了。平时只要外出，总是情不自禁地给她买些衣服、首饰之类的。还花了100多万元，给她买辆宝马车。有次，我酒喝多了，就和她有了男女之间的那种事。我开始倒没想过要防着苗正刚，只是想，尽量不让她抛头露面，省得让我家那口子知晓，跟我闹！没想到，偶然有一天，苗正刚突然来我们公司，不知咋的无意之中看到了闻多喜。当时苗正刚并没明说，只是说晚上要请我去小聚。我就知道，苗正刚请吃饭，就像黄鼠狼给鸡拜年，准没安好心，他肯定又想叫我放点血了。但千算万算，没把闻多喜算进去。”

## 六十七

田进说着、说着，突然开口向一室主任要支香烟抽抽。一室主任说自己不抽烟，身上也没带烟。

田进两眼苦涩地望了望一室主任，然后垂下了头，沉默不语了。

“田进，老实点！”在一旁的看守严厉地说。

“去，给他找支烟。”一室主任对正在记录的纪检工作人员说。

“宋主任，不用出去找了，我这有。”看守边说边上前给田进递支香烟，然后又掏出打火机，帮他点燃了。

田进猛吸几大口，吐了几个大大的烟圈。“刚才讲到哪儿了？”田进问。

“讲到苗正刚请你吃饭，没想到把闻多喜算进去了。”一室主任说。

田进东张西望一下，又开口说话了。

那天，我们刚起身准备去饭店，苗正刚开口了：“田老弟，就咱们两个大老爷们儿吃饭多没劲，能不能叫个女子陪着呀！”

“行，行！一会儿我去给苗董找个酒量大的，陪您好好喝杯。”

“还要找吗？你老弟这儿不是有现成的嘛！跟哥还金屋藏娇呀！”

“不敢，不敢！苗董，小弟这儿真没有女的，全是上不了台面的老娘们。”

“不会吧？我刚上楼就看到你们财务室有个美若天仙的女孩子……”

“噢！您是说你家弟媳的那个妹妹！她呀，她姐姐从不让我把她这个妹妹往外带……”田进编造着谎言。

“呵呵，你不会没听说过，小姨就是姐夫的半个屁股吗？”

“这……”

“什么这呀那的，去叫吧，我又不会吃掉你的小姨子。”

田进说，他不敢为了吃顿饭而得罪这个大金主。你想呀，现在江城大建设，工程有多少？私企竞争不过国企，他苗正刚就是从手缝里漏上一点点，都给够他田进吃上个一年半载的。

田进一想到这，就很不情愿地去把闻多喜也叫上了。吃饭间，苗正刚当着田进的面，一点不老实，老是在闻多喜身上摸来摸去，一副色眯眯的样子。田进给弄得啥脾气也没有，连屁都不敢放。闻多喜一看，田进在苗董面前低声下气的，也猜出面前这人来头不小，也不敢得罪此人。她就像一只羊羔，只能任其宰割。

从此，苗正刚就和闻多喜有了一腿。

不过，苗正刚也还算讲点义气，讲点良心，对田进的华远建筑公司也是照顾有加。

田进心里这下也算平衡些了。虽是自己赔了美人，但却得来了不少真金白银。

# 六十八

纪委会上，钱江听着调查情况汇报，双手握得咯咯直响，显得有些情绪。这情绪显然是一种愤慨，是一种憎恶，是一种……

汇报一结束，几个常委异口同声地说：“这种败类所作所为令人发指！如不从重从快严惩，不能平民愤！”

钱江用笔直敲着桌子，愤然而起，说：“我完全赞同大家的意见。请一室抓紧启动双规程序！在对苗正刚实施强制措施时，一定要找一个公开场合，以显示党纪国法的无比威慑力！以显示反腐败斗争的决心与信心！”

钱江一声令下，一室迅即行动起来，及时通知驻市国有资产管理委员会纪检组第二天下午 2:30 准时在市政建设工程集团召开党员干部大会。会议内容：纪检组组长上党课。参会人员：全体党员干部。会议要求：任何人不准请假、迟到。

第二天下午，在市政建设工程集团公司，一个又矮又胖，西装革履，头顶有些秃，看上去有五十好几的男子，满面春风，笑嘻嘻地站在集团大门前，等候着纪检组组长的到来。

时间刚到 14:25，纪检组组长的车就徐徐地驶到了集团办公楼大厅前。矮胖男子见车刚停稳，一个箭步冲上前，随手就把车门打开，从车上下来的不仅有纪检组组长，还有三个身材魁梧的陌生男子。矮胖男子十分热情地紧握着纪检组组长的手说：“欢迎组长能亲自为我们上党课。”组长笑了，只是点了点头，没说话。“组长，要不要先到贵宾室喝点水？”“不用了，直接进会场。”

这时集团领导班子成员也在会场两侧站着，夹道欢迎组长的到来。组长一看这阵势，显得很不高兴的样子，说：“苗董事长，你是知道得我历来不喜欢搞这一套形式主义的东西！”那个矮胖男子赔着笑脸说：“这是同志们表达对您的尊重，完全是自发的，我又不好反对！”

说话间，矮胖男子就陪着组长走上主席台，矮胖男子刚欲坐下，那三个陌生男子不由分说，就从主席台上把他带了下去。

顿时，矮胖男子脸色“唰”一下变得苍白，两腿一下软了，差点就一屁股坐到地上。说时迟，那时快，只见两个陌生男子迅速上前，用手一把把他架了起来，并直接把他架出了会场。

这时，纪检组组长往主席台一坐，喝了口水，润了润嗓子，就操起洪亮的江城口音，自拉自唱，开始从苗正刚贪腐说起，讲起了他的党课。

## 六十九

苗正刚被双规的消息不胫而走。

有人感到惋惜，但更多的人拍手叫好，一些平时对苗正刚的做派敢怒不敢言的人，以及一些常年受到苗正刚压迫而忍气吞声的承包商还买来鞭炮，跑到集团大门口，将一串串鞭炮挂到大铁门上，然后用香烟点燃。顿时，集团内外响起阵阵“噼里啪啦，噼里啪啦——”的响声。这是人们用一种特殊的方式，庆贺苗正刚被双规，这正应了一句老话，叫多行不义必自毙！苗正刚被双规，不仅完全顺应民意，那些谜团也就随之一一解开。

苗正刚是一个贪得无厌、欲壑难填的人。他身为公职人员，喜欢玩弄权术，并把权术用到极致。他除了田进交代的严重违法乱纪事实，而且还利用权力，肆意敛财，贪婪无度。

苗正刚把手中的权力，当成是自己的取款机，家里一切开销均是拿到单位来报销，就连送儿子出国留学往返费用，单位也照单全收。更为可耻的是，连家用的卫生纸，也是单位供应的；就连他父亲的坟墓修缮，也是用公家的钱……

苗正刚把偌大的集团当成自己家的。苗正刚在集团不喜欢部属喊他董事长，只要叫他一声老大，他就美滋滋的，他要的就是这种老大的感觉。在集团上上下下，他说一不二，他看顺眼的，可以飞黄腾达，他不太喜欢的，就会打入冷宫。这种跺跺脚，整个集团都会晃一晃，在他看来才是权威，才有成就感。

苗正刚把利益关系人当成是自己的摇钱树。大凡承包商不围着他团团转，不给他好处，不把他当菩萨供着，连汤都喝不到。他想要钱了，就到承包商中间走一走，给个暗示，钱就到手了。这些年，这些人究竟给他送过多少钱，他心中一点数都没有。但是你要是没给过他钱，他倒是记得特别清楚。

南山区有家私营水泥制品公司，在市政建设工程集团承修的南山沿江路下水道工程中，中标供应排水管，排水沟挖好了，公司按照合同把水泥涵管及时送到工地上，就是因为苗正刚暗示了几回，公司老板黄文明没及时送去好处费，集团硬是以水泥涵管质量不过关为借口，而撕毁供应合同。黄文明也托了不少人去当说客，苗正刚就是死活不买账。有人告诉黄文明，要想从苗正刚那得到项目，须送钱。这是与苗正刚打交道的一个约定俗成的规矩。黄文明听说后，也亲自到苗正刚的府上，求过情，送过礼，可最后还是被拒之门外。

一室主任在问询苗正刚时，曾反复问过苗正刚茶叶礼品盒里装着的钱是咋回事？是谁送的？又是谁扔的？

对这一连串的问题，苗正刚要么说不知道，要么说记不清。

一室主任要他静下来，好好想一想。他想了好几天，也没想出个道道。

那天，一室主任又再次提出这一问题，苗正刚用一种十分疑惑不解的眼神看着他，说：“这个问题，我头脑都想炸了，也没想出是谁送的。说真的，我也十分纳闷，你说这个人是不是傻里吧唧的？送钱就送钱，干嘛藏得那么深呀，又不是藏猫猫。”

对此，一室主任感到十分困惑不解：大凡给苗正刚行过贿的人，也一一找来，全问过同样的问题，却没有一个人承认是自己送的。

那这钱到底是谁送的？一室主任是百思不得其解，苗正刚也是越想越糊涂。

## 七十

双规还在继续。

专案组在双规点已进驻已快一个月了，苗正刚严重违纪违法的事实也调查得八九不离十了。但有几个谜团至今还没解开。一室主任也着急了，再也坐不住了：“再把闻多喜叫来，这些问题再好好问问她。”

闻多喜又再次来到双规点。

这次，一室主任亲自坐镇当谈话的主角。

闻多喜一走进谈话室，出现在一室主任面前，他这才第一次上上下下好好打量打量眼前这位女子。只见她，高高的个子，一头秀发，瓜子脸红润润的，细长的柳眉，一双眼睛流盼妩媚，樱桃般的红唇，身材苗条，气质高雅，颇有少妇的成熟妩媚……或许是紧张，她往主任面前一坐，脸颊“唰——”地一下绯红绯红的，显得格外美丽动人。

一室主任见这情景，就不忍心板着一副严厉的面孔和她说话，立即面带微笑地说：“闻多喜女士，今天我们之所以又把找你来，是还有些问题，请你谈谈。”

“嗯！”

“我们想问的是茶叶是谁送的？茶叶礼品盒又是谁扔的？”

“我已跟你们说过，苗正刚的事，我从没问过。他在外干什么事我也无权过问，他更不会跟我讲。对于他，我该说的，不该说的，上次全说了！我对于他，只不过就是他的一个玩偶罢了！”

“闻多喜女士，别激动、别激动，先喝口茶。”一室主任边说边热情地递上了一杯热气腾腾的茶。

“对不起，我刚才有些过急，请原谅！”闻多喜喝了几口茶，调整调整情绪说。

“能理解，能理解！”一室主任微笑而十分和善地说。

闻多喜捧着茶杯，轻声细语地讲述着她和田进，以及与苗正刚的关系。

田进的华远建设公司，其实就是一个家族型私人企业，开始是田家大哥创办的。

五年前，他大哥死于一场施工事故，企业就这样落到了田进手上。他的大嫂怕小叔叔把钱都捞到自己口袋里，就叫她这个远房表妹来公司当主办会计，好监视自己的小叔子。那年，自己做的服装生意是血本无归。她正愁着在家无所事事，表姐上门一说，她一听，这样不仅可以出去干点事充实一下自己；同时，又可以挣些本钱，好东山再起，她二话没说，就同意了。

田进是个粗人，招聘公司主办会计，又是他自己的主意，自然从来就没有想过闻多喜跟自己大嫂还沾亲带故，是自己大嫂怕他黑了钱，派个人来监视自己。

## 七十一

闻多喜就这样顺风顺水地进了田进的公司，自然而然地当上了这家企业的主办会计。田进是一个很讲义气的人。她当会计，经手的每笔账，每次挣了多少钱，除去成本，纯挣的利润，都是大头给他大嫂子，自己留小头。田进对闻多喜出手也很大方，还经常私下塞点钱给她。她每次都婉言谢绝了。她说，本来都是事前说好的,不管企业挣钱还是亏本,每年付给她都是年薪 12 万元。

此后，田进就不再塞钱给她了。有时出去，总爱给她买些衣服和带点小礼品。

2016 年春节前，公司要在节前把员工的工资发掉，好让大家回家过年。一算账，发工资还有 10 万元的缺口。田进就想省城还有一家公司欠自己一笔 25 万元的工程款，就准备自己开车去要。闻多喜一听说去省城，也想跟着，顺道去看看多年不见的闺蜜。田进自然也就答应了。

一到省城，两人就分开活动了。闻多喜晚上回宾馆比较早，一回来就洗了个澡，躺到床上看起了电视。

田进是后半夜才回宾馆的。一回宾馆，他连衣服、鞋子都没脱，就一头倒在床上，乱喊乱叫，惊扰了房客，也惊动了闻多喜。

闻多喜一听，就知晓田进一定是出师不利，款没要到，正凭借着酒劲在耍酒疯，赶紧跑到田进房间，劝慰他，劝着、劝着……

田进见闻多喜穿着一套薄薄的透明的真丝睡衣，又是刚刚洗过澡，就像刚出水的芙蓉，娇美的胴体似隐若现，一双挺挺的勾魂的双乳在他面前不停地晃荡……

田进的眼也直了，嘴也是口干舌燥了，心是怦怦乱跳。他再也控制不住自己，像一只饿狼把闻多喜牢牢地压到了身下……闻多喜还没明白是怎么一回事时，已被压得喘不过气来。闻多喜只好半推半就，由着田进在她身上喘着粗气，上下其手，来回翻腾，不停地使劲抽动着……闻多喜也随着这抽动，呻吟起来……

田进折腾了好大一会儿，爬了起来，跳下床，提起裤子，就钻进了洗手间，打开花洒，洗了起来。

此时，闻多喜的眼泪“唰——”地就夺眶而出，有一种说不出的滋味。闻多喜哭归哭，可心里却特别舒畅。她虽是一个孩子他妈，也有自己的丈夫，但她从未有过这么舒服，也从未体验过那种神魂颠倒、魂不守舍的快感。她这些说不出来的快乐，是她从没有在丈夫身上体验过的，也是作为女人最为快活的一次。但闻多喜又很快陷入一种良家女子的深深自责中，她为她的短暂欢愉而羞耻和不安。

正当闻多喜还沉浸在那种快慰且自责的意境中，田进赤条条地站在她的面前，使劲地抽自己嘴巴，还不停嚷嚷自己不是人。闻多喜不知是怕让人听见，还是心疼田进，赶紧下床，轻轻地捂住田进的嘴，不让他再发出声音。

这一夜，田进紧紧地搂着闻多喜柔软的细腰，睡着了。闻多喜也紧紧地依偎在田进温暖如春的胸膛，睡着了。

## 七十二

前年在饭桌上认识了苗正刚以后，闻多喜就一次次备受耻辱……

据闻多喜说，苗正刚就是一个性变态、一个虐待狂。

那是和他认识的第二天，苗正刚就打电话约她去了那幢别墅。当时，苗正刚对她说，这房子平时没人住，怕时间一长，房子里家具坏了。他说，请闻多喜来帮助他料理料理，每个月过来打扫一遍，工钱照付。她当时也不敢多说，心想，此人虽心怀鬼胎，言谈举止十分轻薄，但他却是田进生意场上最密不可分的合作伙伴，是上下级关系。如果得罪了他，田进的企业就寸步难行，甚至连生存都很难说。一想到这，闻多喜就随口答应下来了。

没曾想到，闻多喜这就一下落入了狼口。

那晚，闻多喜刚把他的房子里里外外打扫一遍，正准备脱下围裙，起身回家，却被苗正刚从身后拦腰抱住。闻多喜使出吃奶的劲，也没从他手中挣脱开，只好咬紧牙关，任凭他蹂躏，一直折腾到深夜。

闻多喜也曾经想过，要跟他闹翻脸。但她转眼一想，这企业是表姐夫用生命换来的，是表姐的生活来源，也是她闻多喜最喜欢最钟爱的男人一辈子的心血，还有好几百人靠着这家企业养家糊口。如果是因为自己，而搞垮这个企业，不仅愧对自己的表姐夫、表姐，还要愧对好多打工的人，更愧对自己心爱的男人。一想这些，闻多喜就只能强忍着屈辱。

一室主任听着闻多喜的讲述，心里就像一下子打翻了五味瓶，不知啥滋味了！

一室主任打心眼里同情闻多喜的遭遇，也十分憎恨这披着人皮的禽兽。苗正刚如果此时在眼前，一室主任恐怕都会活活削了他的皮，还不能解除这心头之恨！

闻多喜一边说着，一边抹着眼泪。

说着，说着，闻多喜突然像想起了什么似的……

## 七十三

“对了！我好像还有点印象，好像就是在上个月，我去那幢别墅，还和往常一样，去帮那个畜生打扫卫生，是扔过一个东西。要是没记错的话，很有可能是茶叶。对了，这东西对你们很重要吗？”闻多喜有些困惑，又有些忧虑，喃喃地说。

“那请闻多喜女士好好回忆一下！”

“莫非茶叶里隐匿着什么不可告人的秘密？”

“闻多喜女士，你只管告诉我们扔的是不是茶叶，至于其他的……”一室主任笑了笑，说。

“不问，不问了！”

闻多喜坐在那儿，又静了静，在努力地回忆着。

"可以确定，是茶叶！我平时比较喜欢喝太平猴魁，还有就是西湖龙井。那天，打扫完卫生，看到写字台边放着两袋茶叶，就信手拿了一袋，一看，是太平猴魁。对了！想起来了，一定是太平猴魁！我就想泡杯茶喝喝！可一打开，没曾想闻到一股浓浓的霉味，好刺鼻的，就拎着这两袋茶叶走到阳台上，准备放到阳台上那个专放垃圾的竹编筐子里。这时，别墅的门开了，苗正刚进来了。我可能就是那时下意识地手一松……但也不对呀？我就是一松手，茶叶也只能掉进筐子里，怎么会掉到围墙外呢？"

一室主任一听是两袋太平猴魁，心中一阵窃喜："这就对上了！那茶叶正是太平猴魁！可问题又来了,那到底是谁送的呢？"

"闻多喜女士，你能回忆起来，这茶叶是谁的吗？"

"这，你们真不能再为难我了！我前面也跟你们讲过，苗正刚做什么事，不会跟我讲，我也懒得问，我真的不知道。这得要好好问苗正刚了，只有他才清楚这事。不过我想说的是，这幢别墅没有几个人知道，能到这送礼的人更是寥寥无几。"

"谢谢你了！今天的谈话就到这里。"一室主任一听闻多喜这话，顿开茅塞，很有礼貌地起身，说。

送走闻多喜，一室主任立刻又把苗正刚叫到了谈话室。

"你好好想想再说，你那套南山别墅，有几个人知道？又有几个人去过？特别是去那儿给你送过礼的。"一室主任单刀直入，并且带着十分鄙视的目光。这种目光，或许是一室主任受到闻多喜那悲惨的遭遇而喷发出的一种怒火！一种憎恶！一种鄙视！这目光就像一把锋芒毕露的刀子，直插苗正刚的心脏。苗正刚一见这眼光，不禁打起了寒战……

"苗正刚！你老实交代，你的那整套别墅，有几个人知道，又有几个人去过？"

“我说，我说，田进、崔大海、陆鹏生……大概有六七个人去过。”苗正刚胆战心惊地回答。

“他们都去干什么了？”一室主任说话的口气明显变得比往常生硬、严厉。

“田进是带我看房子。闻多喜平时是去替我打扫房子的。崔大海是给我装潢房子去的。陆鹏生是送家具去的。宁大勇是给我送家电的。”苗正刚浑身不停地颤抖着。

“再好好想想！他们去，有没有送过别的东西？”

“真的没有了，我说的全是实话。”

“是不是实话，不用你说，我们会核查清楚的！”

“我想起来了，黄文明，好像一年之前也去我那儿了。”

“他有没有给你送什么东西？”

“没有，绝对没有！”

## 七十四

一室主任这回又陷入困境。

苗正刚说到过的田进、闻多喜、崔大海、陆鹏生、宁大勇这几个人全都问过。他们提供的事实，也与苗正刚交代的完全吻合。至于黄文明，一直没接触。苗正刚说他去，绝对没给自己送东西，说他不懂行规，想空手套白狼。苗正刚还说，给他好处的人，他可能记不得，但没给他一点点好处的人，是绝对不会忘的。也就因此，专案组一直没找过黄文明核查情况。

一室主任心想，这藏有钱的茶叶盒实在查不出来是谁送的，也只能归到苗正刚有价值200多万元巨额财产来源不明的范围里。

可一室主任还是不甘心，在他手上办的都是铁案。他所经手的腐败案件，笔笔钱财都有充分证据。哪怕就是一丝一毫的疑点，他都从没放过，今儿在这，却打了个死结。他想，何不把黄文明找来谈谈，也许能从中找到答案。在一室主任心里，这只是死马当作活马医的招数，不亲自去试试，哪儿才能解开谜团呀！

黄文明来了，就真相大白了！

黄文明说，他的这家水泥制品公司，是在区政府的大力扶持下创办的。生产的产品质量一直是一流的，销路也特别好，都是公家采购的。公家人讲究的是产品质量和信誉，不搞那些歪门邪道的东西，也不兴送礼，生意做成了，顶多请人家吃顿饭就行了，这也是人之常情的。再说，自己也不会厚着脸皮去送礼，所以黄文明一直以来特别喜欢跟国企打交道。

那年，市政建设工程集团承修的南山沿江路下水道工程，我们中了排水管这段标。我们加班加点按照标书规定的规格，好不容易把产品运去了，人家也验收合格，可市政建设工程集团又突然变卦了，说产品不合格，非得退货不可！

开始黄文明还有些气不过，去了几趟和他们理论。那些技术员都挺不错的，说产品都达标了，也没有任何问题，要我们去找他们的董事长当面说说。黄文明一想，他们的董事长，自己不认识，就托一些朋友去找苗正刚，都被苗正刚以各种借口推了。

黄文明本想，这笔生意，求人太难就不做了。可工友们都劝他说，我们没有白天没有黑夜地干，都没啥，关键是这批货都是按人家要求做的，人家不要，这批货一积压，连贱卖都难。而且传出去说是因为质量问题，这名声就臭了！

黄文明一想，此话确实在理，水泥制品生产又脏又累，挣的全是辛苦钱，如果凭自己的意气，不仅让工友白白搭上工夫，赔上钢筋、水泥……还不算，关键是坏了名声，这可是大事。

于是，黄文明选了一家高档茶叶店，买来两袋最值钱、包装最精美的一级太平猴魁。可见到一个熟悉苗正刚的朋友说，你送茶叶,他苗正刚根本就看不上,你还不如不送！你要送,就送钱。黄文明一听，赶紧从银行取了10万元，拿在手上太俗套，万一苗正刚他不收，自己脸也没地方搁。黄文明转念一想，把钱塞进了一个茶叶盒子里，便鼓起勇气找到了苗正刚的别墅。一敲门，恰好是苗正刚开的门。黄文明一见面又是赔笑，又是求情，请苗董高抬贵手，按照合约收下他那一批水泥涵管。苗正刚也是皮笑肉不笑地要着官腔说，这企业是公家的，不是他一个人说了算，等他回去好好研究研究，再给答复。黄文明觉得苗正刚说得也在理，放下茶叶就走了。

黄文明左等右等，一等就是一年多，没有等到他的那批涵管的下文，而却等到了苗正刚被双开并移送司法机关的消息。这正应了这样一句老话,善有善报,恶有恶报,不是不报,时候未到。

## 七十五

江城一到夜晚，华灯初上，大街小巷，车水马龙，一派繁荣景象。

这几天一到这时，钱江总是和党风政风监督室主任李煜神神秘秘地溜出市委大院，走进夜幕下的街头。他俩走街串巷，到处瞎逛，不知不觉就走到了江边。岸边高楼林立，霓虹闪烁，热闹非凡。江面上的游艇、客船、货船，川流不息……

钱江见此情景，仿佛置身于朱自清《桨声灯影里的秦淮河》“我们仿佛亲见那时华灯映水，画舫凌波的光景了”的那番情景之中。钱江和李煜静静欣赏着这喧嚣而美丽的夜色。时而三三两两打扮时尚的男男女女进进出出歌舞厅、咖啡屋、酒廊；时而也有一些着装妖媚的女子侧身而过，跑到路边，挥挥小手，打的士；时而又见一些穿着暴露的年轻女子，亲昵地挎着一个个挺着将军肚的男子走出灰暗的咖啡屋、酒廊，钻进一辆辆豪华轿车，消失在喧哗的江边……

这时，钱江想起市公安局隐形党风监督员洪东亮给自己说江岸区隐藏着一个卖淫团伙。这个团伙背后，很可能有官员在充当犯罪分子的保护伞……

“要不是亲眼所见，怎么也不会相信这喧嚣的背后还隐匿着这些污垢。”钱江望着这一切，深有感触地自言自语道。

“钱书记！我们党风政风监察室也曾经收到过不少举报信，举报过 ×××、××× 经常出入这些场所。可查着，查着，就没有下文了。”李煜说。

“为什么没一下子查到底呀？”

“钱书记，您是不知道，以前一查这类举报件，就有阻力，而且阻力还不小呢！”

“是的，你要是查，人家会说，这是公安的事，别种了别人的田，荒了自己的地！”

“扫黄，那应当是公安的职责。但是如果有公职人员参与到这些场所去了，就是我们的事，就必须查！绝不能手软！”

……

钱江听了李煜一番话，心想，那时查这事，可真是难为了李煜他们这帮同志了。他想，那时张大山虽不是背后的主谋，但他也是间接的后台，单凭李煜他们是很难搬得动的。

张大山在接受调查时，还满嘴胡言乱语地说："江城是个新兴城市，一无矿产资源；二无支柱产业；三无创新人才，靠什么招商引资？靠的就是'这些无烟的工厂'，给投资者创造一个家的感觉，人家才愿意带着钱来投资。"

就是在这一奇谈怪论下，几乎在一夜之间，江岸区大街小巷，一下子就冒出了各式各样的歌舞厅、桑拿浴、发廊、洗脚屋、按摩房、咖啡屋……随之，早已死灰复燃的卖淫嫖娼又在这些藏污纳垢的场所里沉渣泛起，污染社会环境，败坏社会风气。

张大山锒铛入狱后，市公安机关曾多次动用大量警力开展集中统一行动，进行"扫黄"。可是一打，"鸡"是满天飞，风声一过，"鸡"又回巢了。这真是打不尽、扫不绝。

# 七十六

钱江经过一番微服私访后，下决心一定要铲除这些败类。他让李煜与驻市公安局纪检组一起研究个严惩保护伞的工作方案，并亲自约副市长、市公安局局长余承武一起商量如何开展这项工作。

最后，钱江与余承武两人达成一致协定：打"伞"，由市纪委负责；扫黄，由市公安局负责。打“伞”与扫黄，两者相互渗透，密不可分，得成立一个临时指挥机构，负责人由两位市领导共同担任。

这天，市公安局召开扫黄风暴总结表彰大会，钱江也应邀出席，借机与市公安局一起启动扫黄打“伞”联合专项行动。

“同志们，近期开展扫黄风暴，效果是明显的，不少毒瘤铲除了。这都是在座各位共同努力的结果！但是，形势还是不容乐观的！你们都清楚，为什么我们在几次统一行动时，有一些我们侦察了好长时间的场所，我们也都已经锁定的目标，行动还没展开，就人去楼空了呀？为什么这些场所过了几天后，又灯火辉煌，通宵达旦，恢复了繁荣呀？这些问题，我不说，同志们都是心知肚明吧？……这说明了什么呀？我说同志们呀！这足以说我们内部很有可能存在内鬼呀！有人在给这些社会渣滓通风报信，有人在给这些利益团体做后台呀！这些人的政治觉悟都到哪儿去了？都到哪儿去了！这些人的职业操守都到哪儿去了？……同志们，说起来，我这个局长当得愧疚呀！我们是没有资格坐在这呀……”

会议本来是总结表彰的，但现场气氛一下子就凝固了。

余承武满脸严肃，他拿着一支圆珠笔在不停地敲打着桌子，严厉地说着话。

“我们一定要好好整肃整肃一下我们的队伍了！不然，我们怎么能对得起党和人民呀！……今天我们十分有幸请到了我们市委常委、市纪委书记钱江同志。我们请钱书记来参会，目的就一个，就是一定要好好彻查彻查，都是些什么人在充当保护伞？查到了，不管是谁，一定要严惩不贷！绝不手软！……”

会一散，钱江、余承武就走进了一个小型会议室。

市纪委党风政风监督室主任李煜、市公安局分管社会治安的副局长陈国安、市纪委驻市公安局纪检组副组长许宏佳、市治安支队队长方钢以及治安警察曹一婷、刑事警察顾蕾一见两位市领导进来了，“唰——”地一下子站起来了。

“坐下，坐下。”余承武挥了挥手，示意大家坐下，笑容满面地说。

“这次行动，我和余副市长一起商定，给起了一个名字，叫扫黄打‘伞’联合专项行动，顾名思义，就是扫黄与打保护伞一起上，纪检与公安一起上！共同联手一起铲除败坏社会风气的毒瘤，以及毒瘤背后的保护伞。虽说这次专项行动，我们纪检、公安各有侧重，但目标是完全一致的！所以大家一定要团结合作，分工不分家，拧成一股绳，劲往一处使，坚持两手抓，两手都要硬！不获全胜，绝不收兵！大家有没有信心？”钱江充满激情地做着战前动员。

“有！”参会的纪检、公安同志“唰——”地站起来了，会场内顿时响起洪亮整齐的声音。

## 七十七

“好，请坐下！下面请陈国安副局长，给大家讲讲此次作战的方案。”余承武主持会议。

“好的。”陈副局长一五一十地把请纪委的同志前来配合，以及整个行动的目的、任务、要求和盘托出。

“明白！保证完成任务！”参会的几名公安干警整齐划一地

起立，敬了十分标准的军礼，异口同声地说。

“许组长，这次请你率队出征，可是钱书记钦点的！你们几位女将，可都是钱书记当年在部队的爱将噢！你们谁有几把刷子，他可是比我这个局长还了如指掌。再说了你们几个刚从部队转业到公安，没有人认识你们，这对你们完成此项任务，有很大的帮助……”余承武侃侃而谈。

余承武这话说得一点不假，当年钱江在部队当支队政委时，支队编制中有一个特勤中队。所谓特勤中队就是由一批有特殊技能的人，经过特殊的训练，去执行特殊的勤务。他们中无论男兵还是女兵，都十八般武艺样样精通，个个身怀绝技，一招制敌。女兵排长许宏佳是位擒拿格斗高手，一般两三个强如牛的男兵，也很难靠近到她的身旁；一班长曹一婷堪称神枪手；三班长顾蕾，别看她身材瘦小、弱不禁风的样子，可她的轻功更是无人可比，飞檐走壁，是来无影，去无踪。她们仨在部队时，就经常一起执行任务，屡建战功。

去年底，许宏佳从正营职位转业到市直机关，无意中让钱江看到，就把她选调到市纪委驻市公安局纪检组工作。真是无巧不成书，曹一婷、顾蕾今年一起转业，居然又一起分配到了市公安局。昔日的战友，今朝又成了楼上楼下的同事，她仨这次又要一起出征……

“瞧局长，您说这话，分明是见外了！您可别忘了，我也是公安的一分子！钱书记，您给评评理吧！”

“许副组长说得对！她这是一肩挑两家。”钱江也笑了。

“好、好，这样吧，具体细节，请陈副局长和你们在一起好好商量商量。钱书记和我还有个会得先走一步了。”余承武笑呵呵地陪着钱江一起起身离开了会议室。

送走两位市领导后，大家又重新坐了下来。

“根据局长的指示，并报请钱书记同意，昨天江岸区公安分局正好从星光夜总会抓了几个卖淫女，现在还关在拘留所。想先委屈一下你们几位女同志到她们中间去，和她们接触接触，了解一下她们的行规，了解一下她们幕后的老板靠山，和她们建立一下感情，以便你们今后的……这样，我们仨也分一下工，我和李煜主要负责行动中的协调和驰援，方钢担任行动中的联络员。”。

“陈局，你也太不地道了！你们三大老爷们儿躲在后面，却让我仨冲锋陷阵呀！”许宏佳开玩笑说。

“不会吧？”顾蕾把舌头一伸，做了一个鬼脸，说。

“有困难吗？”陈副局长说。

“困难倒没有，不过还没执行任务，就先给关了起来，是不是太残忍了！有没有别的法子？”曹一婷按捺不住有些冲动地说。

“有！但那样太慢了，我们要快，要立竿见影的效果。”

“只要是任务需要，我们坚决服从！不入虎穴，焉得虎子！”大家齐声表态。“我们开始行动！”许宏佳铿锵有力地说。

# 七十八

拘留所位于江城东郊，虽没有荷枪实弹的武警站岗，但也是高墙电网，还是给人一种戒备森严的感觉。

“咯吱——”铁门打开了。

“进去！”随着一名女公安严厉的声音，三个穿着时髦的年轻女子分别抱着被褥，提一个装有脸盘、洗漱用品、饭盒的网袋和行李包慢腾腾地走进了一间阴森森的小黑屋里，刚想把被褥往门边的三个空床铺上放，就被七个打扮妖艳的年轻女子用身体给挡住了。

“懂不懂规矩呀？”一个窈窕的女子凶巴巴地说。

刚进的三位女子抱着被褥站在那儿，放也不是，不放也不是，愣住了。

“看啥看？再看！我把你们眼珠给抠了，信不信？”一位长得比较丰满的女子凶狠地冲她们叫喊着。

一个刚进来，身材长得十分匀称，且面容俏丽的女子欲向前。“信，信，信！”就被高个子的女子挡到了身后，点头哈腰地说。

“这位小妹妹，还算有点识相。”一个一直靠在墙边，叼着烟，慢不经心地用嘴吐着小圈圈的女子这会儿说话了。

“这是我们的大姐，还不拜见？”一个穿粉色连衣裙子女子在一旁说。

“大姐！我们都是刚从学校出来，不懂事，有冒犯您的地方，请您多担待点。”高个子的女子一边赔着笑脸，一边急忙从行李包里掏出一包“木尔”女式香烟，走上前给她递上。

“姐妹们！都散了，散了！”那女子笑嘻嘻接过烟，手一挥。

三个刚进来的女子还抱着被褥站在原地不动。

“别傻站在那儿了，是不是我的小姐妹们刚才把你们给吓到了呀？”那个被称为大姐的女子说。

“没，没！”高个子女子赶忙说。

“那你们还抱着东西干嘛，还不赶紧整理一下床呀！”

“是，是。”

“你们仨是怎么进来的呀？”

“这……”

“进了这道，还有啥不好说的呀？”

“是不是不拿我们当姐妹呀？”

“不敢，不敢！我们仨啥也没干，就……”长得俏丽的女子，脸上突地泛起红晕，吞吞吐吐地回答。

“呵呵，还害臊呢！”

“不瞒大姐说，我们仨是啥也没干。昨天晚上，就稀里糊涂地被公安抓到这儿了。”高个子凑了过去，说。

“哈哈，天底下还有这种事？”那个被称为大姐的女子仰头大笑。

“我是说真的。昨天呀，我们就到那个叫什么名字呢，好像是叫新天地歌舞厅，对，就叫新天地，我们进去，玩要不到三个小时，突然公安来了，我们就和一大堆姑娘一起给带到了派出所。在派出所蹲了一夜，今儿又给带到这儿来了。”

“啥都没干？鬼才信呢！你以为我们都傻呀？不说就不说，我也懒得知道你们那些破事。”那个被称为大姐的女子自讨没趣地回到了自己的床铺上，又点燃了一支烟，慢悠悠地吸着。

“咯吱——”铁门又开了。

“都出来了！集合！到教室里进行集体政治学习！”一个手持警棍的女公安一边开着铁门，一边喊。

“向左看齐！向前看！向右转！跑步走……”那个声色俱厉的女子喊着。

住在同一个监舍九个穿着五花八门的衣服的年轻女子，稀里哗啦地向教室跑去。

“立……”

“打人了，打人了……”不知是谁喊。

喊声未落，另一个监舍十几个女子与这一监舍的人打了起来。顿时，你推我踹，乱作一团。

那个被称为大姐的女子已被三个女子按在地上，衣服也被撕破了，头发也给扯得个就像稻草窝一样，十分狼狈不堪。就在这时，高个子上去了，一打三，一手抓一个，一脚踹倒一个，她正准备与三个大打出手时，“都住手！都蹲下！”值班公安上来了大喊一声。

两个队列稀里哗啦地又全抱头蹲在了地上了。

“是谁挑头闹事？”

“是她！”

“是她！”

……

“我不管你们谁挑的头，你！还有你！你们五个，都给我站到一边去！其他人全部进教室去！”值班公安不分青红皂白地严厉训斥道。

等其他女子走进了教室，值班女公安不容她们分说，就将五名女子分别关进了两个小房间。

## 七十九

“小妹，今个你为姐能两肋插刀，仗义！有没有伤到哪里了呀？”被称为大姐的女子十分温柔体贴地走到高个子女子身旁问寒问暖。

“没事，没事。”

“哎哟！你的手背被那些婊子养的给抓破了呀！衣服也给扯破了……”

“姐，只要您没伤到哪儿就行了，小妹没那么娇气。这点伤，不算啥！对了，姐，为啥把我们关在这儿呀？我那两个同学，咋办……”高个子哭丧着脸说。

“是姐对不住你！我们这是给关禁闭了！你放心，你那两个同学在外面，我的小姐妹会照顾好的。”

“啥叫关禁闭呀？”高个子问。

“我的傻妹妹，是才出道吗？”

“啥叫出道呀？”

“怎么啥都不懂？你不是给打傻了吧！”

“嗯！不，不是。”高个子又点头，又摇头。

“小妹，我叫周莎莎，是莎士比亚的莎。以后你呀，就叫我大姐吧！对了，到现在我还不知道，你叫啥名字呢？”

“哦，我叫宋芳。”

“是假名吧！”

“不呀！我就叫这名呀！”

“我信！我信，跟我说说，你们三个到底是为啥被关到这来的？”

“姐，不瞒您说，我们三个是同学，刚从大学里毕业，就结伴来到了江城，想到这大城市来找个工作。可一到江城，人生地不熟的，一根电线杆子上张贴的广告上说一个大酒店里要招聘收银员，还有文员什么的，就去参加应聘。没想到就这样稀里糊涂地被送进了新天地歌舞厅去陪那些坏男人跳舞，我们逃了几次都没逃掉，还给抓回去打一顿……呜——”

“不哭了，不哭了，你们涉世太浅了！太浅了！唉——我和你们比也好不到哪里去，我呀，16岁就出来了……直到有天晚上，歌舞厅来了一个长得跟瘦猴似的、剃着光头的中年男子，自从认识了他，你姐的命运从此就改变了。”周莎莎喃喃地说。随后，长叹了一口气，说：“女人呀，命真苦！”

周莎莎把宋芳拉到自己的床前，十分动情地给她讲述自己的经历和那段孽缘。

周莎莎是外省一个小县城的人。她在家排行老大，有两个弟弟和一个妹妹还在上学，父母体弱多病。为了能挣点钱，给父母治病，给弟妹读书，她16岁就跑到了省城打工，开始给人家当保姆。后来被一个老乡骗到了江城，卖给了一家歌舞厅做小姐，也跑了几次，结果也都被抓回去了。每次被抓回去，她都被打得遍体鳞伤，时间一长，也就麻木了。想想呀，咱到这个城市两眼一抹黑，谁也不认识，又没啥本事，不做这又还能做啥呢！再说了，有哪一个行当能比这一行当挣钱来得快呀！又轻松又挣钱。

就这样，她心安理得地做起了小姐。不过，她一直坚守着一个底线：就是只陪客人们唱歌、跳舞、喝酒，不管谁给再多的钱，就是不出台卖身！有次，晚上很晚了，都快到夜场了，突然来了一伙人往包厢里一坐，要点小姐。换了一轮又一轮，他们就是不满意，分明是砸场子的。舞厅老板也一直在包厢里，点头哈腰地陪着喝啤酒……周莎莎陪完了客人，路过这个包厢门口，被他们看见了。

“快！叫那个小姐进来，好好陪陪哥们儿！”

“好的、好的。”老板低三下四地赶紧把周莎莎拉了进去。

周莎莎胆战心惊地站在这伙人面前。

“看把这位楚楚动人的小姐给吓的，还不都给我滚！”一个长得凶巴巴的中年男子说。

“好！好，弟兄们滚！老大您尽情地玩。弟兄们就在外候着，有什么事，吱一声。”这伙人一下子就退出了包厢。

那一夜，那人在周莎莎的陪伴下玩得很开心，临走时，还吩咐随同买了单。

送走了这伙人，歌舞厅老板硬是给周莎莎塞了一大把钞票，笑嘻嘻地说：“周小姐，谢谢你了！今儿要不是你救这个场，我们还不知道会怎样呢！”

“这伙人有那么可怕吗？”周莎莎十分困惑地说。

“你是不知道！这伙人不可怕，怕的是那个光头！那光头背景可大了。”

“哦，老板，我也累了，能不能走了呀？”周莎莎不屑一顾地说。

“当然，当然！”

# 八十

周莎莎回到宿舍，天已亮了。

她掏出鼓鼓囊囊的钱包，一数吓一跳：老板给了2000元，光头给了1000元，加上原先那个客人给了100元，又被大堂经理抽头40元，一共有3060元。这一夜，挣得比一个月的小费还要多。

周莎莎美美地往床上一躺，连衣服、鞋子都没顾上脱，就蒙头大睡了。

“嘀,嘀嘀——”周莎莎翻了个身,伸手去摸床头柜上的闹钟,迷迷糊糊看了看。“不是闹钟响声呀!”说完又睡了。

“嘀,嘀嘀——”还在一个劲地响。

“这是啥声音呀?烦死人了,还让人睡不睡呀!”周莎莎浑浑噩噩地爬起,揉了揉双眼,“嘀,嘀嘀——”的声音还在响着,这回她才意识到这是自己包里的手机微信在响。

赶忙跳下床,一看,手机上的微信朋友圈的一个头像边上写了一行字——“余老板已到舞厅!”周莎莎急急忙忙洗漱一下,又补了个妆,就匆匆忙忙跑到路边上,打了辆摩的,一溜烟似的赶到了歌舞厅。

一进舞厅,老板早已在门口等她了:“莎莎小姐呀,我的小祖宗,咋这么迟才来呀?”

“老板真的对不起了!睡过了,睡过了。”周莎莎赔着笑脸说。

“来就好,来就好。一会儿进去了,一定要好好陪陪余老板,一定……”

“知道了!”周莎莎边说边小步跑进了最里头的那间豪华包厢。

进了包厢,就一屁股坐在了那位光头男子的腿上,娇滴滴地说:“大哥呀!实在是对不起哦,小女子不知大哥大驾光临,没有远迎,你不会怪罪小女子吧?”

“哈哈——,没有的事,来了就好。”光头仰头大笑。

“那好!小女子自罚一杯!”

“好呀,大哥也不能让你白叫,大哥我就陪上一杯。”

两人在包厢里有说有笑,一会儿喝酒,一会儿唱歌,一会儿跳舞,玩得十分开心。

接下来,光头三天两头一个人来玩,一来就点周莎莎坐台,每次走的时候,出手也很大方,一给都是上千块,而且还另付大堂经理小费。一来二去的，周莎莎也和光头混得很熟了，也知道光头是什么来路了，也知道歌舞厅老板为什么那么害怕他的原因了。

原来呀，光头叫余光。父亲曾调到这个市里当过领导，前些年又高升了，当上一个更大的领导。余光呢，就是打着父亲的旗号到江城做些生意，究竟做啥生意，很少有人知道。不过，社会上传说，只要是余家公子哥儿一到江城，下榻的宾馆，天天是高朋满座，请他吃饭的，请他玩的，都排着长队。有的还以能请到余家公子吃顿饭而感到荣耀。

这是真是假，一时也无法考证。不过社会上关于他的传闻，却很多。比如说，余家公子很讲江湖义气，他父亲当年一个老部下在江城受到排挤，他找人一活动，居然调到省上身居要职。他有一个江湖朋友在江城一家夜总会玩时，被看场的一帮打手打了，他居然能叫一帮人在光天化日之下，把那家夜总会给端了，硬是没人敢管。

在大家心中，这个余家公子就是一个黑白两道通吃的狠角色。

"小妹，我没有社会上传说的那么坏吧？！"

"余哥哥，你没听说过这样一句话吗？男人不坏，女人不爱！"

"哈哈，这话我爱听！难得哥今儿高兴，我们来个一醉方休！"

"难得今宵哥高兴，小女子就陪哥喝个够。"

"妹，给点个《难得今宵乐开怀》，哥和你一起唱。"

"好！"

音响一响，余家公子歪歪扭扭地站了起来，唱："舞姿翩翩花香里呀，难得今宵乐开怀。"

"快乐融融美酒里呀，难得今宵乐开怀。"周莎莎也唱着。

"舞姿翩翩花香里呀，难得今宵乐开怀。"

"快乐融融美酒里呀，难得今宵乐开怀。"

……

“哥，再给你点一首《难忘今宵》，好不好？”

“好呀！”

“难忘今宵，难忘今宵；无论天涯与海角……”

两人尽情地唱着、跳着、聊着……

也不知道他俩到底喝了多少酒，也不知道是怎么离开了歌舞厅，更不知道是啥时候回去的……

## 八十一

等周莎莎醒来时，已过去一天一夜了。

周莎莎刚醒来时，还以为自己是在做梦，梦见自己一丝不挂，赤身裸体，躺在一张大大的席梦思床上。身旁还睡着一个长得跟瘦猴似的、光光的头、赤裸裸的丑恶男人……

周莎莎用手使劲掐了自己的手臂一下：“哎呀，好疼哦。”

这时，她也隐隐约约感到下身有些无名的疼。她赶忙揭开被褥，看到洁白的床单上，有一块鲜红鲜红的血迹。

她明白了，这不是梦！

周莎莎紧紧抱起衣服，靠在床头，痛哭起来。

“咋的？怎么刚才还好好的，现在……”光头懒洋洋地钻出被窝，露出了个光头，疑惑不解地问。

“你，不是人，你不是人！……”她越哭越厉害了。

“宝贝，宝贝，不哭了，不哭了，有什么话？起来好好说。”

“我还是一个黄花大闺女，你把我……你让我以后还怎么活呀？呜——”

“就这事呀，放心吧！以后，哥我养着你！行了吧？不哭了。”光头光着身子，跳下床，一边给她擦眼泪，一边哄她。

“这可是你说的！”

“是我说的！”

“不许哄我！”

“男子汉大丈夫，一言既出，驷马难追！”

打那起，周莎莎就跟那位公子哥余光厮混在一起了。

时间过得真快，眨眼工夫过去半个月，光头要回去了。

临走前，光头带着周莎莎逛了一次街，给她买了好多好看的衣服，又顺便陪她到邮政局，给她家里汇去三万元钱，以供弟妹上学和父母调养身体之用。

接着，光头又领着周莎莎来到了市中心一个高档小区里，走进一幢楼的三楼的一户人家。

宽大的客厅有一排皮沙发和一台彩电，卧室有大衣柜、梳妆台，还有一张双人席梦思床，床头柜上放着一部红色电话机。

“别看了，别看了，等我走了，你慢慢看。”光头撩开袖子，看了看手表，说。

“这是给我住的？”周莎莎面带疑惑的神情，问道。

“是呀！这下满意了吧？”光头边说边把一串钥匙塞到了周莎莎的手上。

“我不是做梦吧？太爱你了！”周莎莎跳得老高，猛地吻了一下光头。

“现在我宣布，这房子现在归你了，正式姓周了！”

“真的吗？”

"真的！这房子，是我一个朋友送的，是让我到江城来住的。我一年才能来几次呀！再说我就是来，也是住宾馆，多省事呀！平时空着也是空的，现在送给你了，也叫物有所值。"

"老公，你真好！我太爱你了！"周莎莎欣喜若狂。

光头又撩开袖子，看了看手表，自言自语道："离回京的航班还有两个多小时。"说完一抬头，正好与周莎莎两眼相对，干柴遇烈火，一点就燃烧了。

周莎莎一见光头色眯眯的眼神，顷刻，心领神会了，马上扑上去，三下五除二就把光头的衣服给扒光了。两人紧紧地抱在一起，云里来雾里去一番后，光头就急匆匆地离开了。

送走了光头，周莎莎在房里转了一圈又一圈，一直转累了，她才停下。

周莎莎躺在沙发上，两眼望着天花板，在那傻想：这房子至少值个100万元！就是不吃不喝，在歌舞厅陪客人，就是陪上个十年八年，也不见得能积攒到这么多钱呀！我就是鲜花插在了牛屎上，也算值呀！

周莎莎自搬到这里住，就再也没去过歌舞厅了。

开始几天，她在家不是扫呀，就是擦呀……生怕把房间弄脏了。时间一久，新鲜感也就没了，她心里也发毛了，又想去歌舞厅挣点钱，不能坐吃山空。

就在周莎莎又想重新回到风尘里时，光头突然回来了。她又充实了，天天跟着光头吃最高档的菜肴，玩最好玩的东西，买最时髦的衣服。

有天，有个哥们儿请光头去吃饭。酒过三巡后，那哥们儿听说光头一回京，就留周莎莎一个人在江城孤零零的，心里一动，就说："哥，你一走，大嫂就一个人在这儿，不如把我手上那家夜总会交给嫂子打理。挣了，算嫂子的；赔了，算弟弟我的，你看怎么样？”

“她一个女孩子家，哪能干那一行呀！”

“哥，有你罩着，兄弟们再帮衬点，肯定行！”

“这样不好吧？”

“我们是哥们儿，有什么不好的？再说了，我做的生意忙都忙不来，哪有工夫去管那家夜总会？这权当替弟弟分忧解难。”

“弟弟话都说到这份上了，你嫂子要是不接，也不好意思哦。”

“这就对了！”

## 八十二

江城星光夜总会，很快就重新开张了。

重新开业那天，江城一些有头有脸的人赶来捧场。开张三天，酒水费全免，那场面好热闹的。

夜总会面上的老板是周莎莎，幕后的老板是余家那个光头的公子哥。这已是一个公开的秘密。

星光夜总会一下子就在江城成为一家最热闹、人气最旺的娱乐场所了。

人气旺，原因是多方面的。前台唱戏的有能歌善舞，又长得楚楚动人的周莎莎，关键还有一个能操控百余号长着迷人身段的三陪小姐的团队。更重要的是这里没人敢查，就算公安有一点点风吹草动，这儿马上就会知晓，是最安全放心的逍遥天堂。

这儿一到夜晚，迷离的灯光，劲爆的舞曲，醉人的鸡尾酒，震耳欲聋的音乐，打扮妖艳的小姐……进来的人都在尽情地疯狂……有吃摇头丸的，跳裸体舞的……每晚还有一个难忘今宵时刻：跳贴面舞。性感小姐会把慕名而来的男人迷得个个神魂颠倒、魂不守舍。星光夜总会一下子打开了知名度，成了一个远近闻名的卖淫黑窝。

市局统一组织的几次扫黄风暴行动，在这里都扑了空。就连市局从外地借调来的公安进行突然袭击，也只是抓了几个小鱼小虾。这不，和周莎莎关在一个监舍的那几位，就是那天晚上公安机关采取异地突袭的战果。

……

宋芳和周莎莎在阴暗潮湿的小屋不知蹲了多久。

“妹呀，这次咱们要是顺顺利利从这出去，你和你的两个同学以后就跟着姐干。”周莎莎用双手把宋芳揽在胸前，说。

“姐，那我可不干。”

“你是嫌我那儿太脏？”

“那倒不是，主要是不喜欢灯红酒绿的地方，更不喜欢与那些形形色色、衣冠禽兽的男人打交道。”

“你就放心吧！你们呀，就是想与那些道貌岸然的臭男人打交道，我做姐的，也不答应。你们多金贵呀！你们可是大学生哦。我在想，你们能不能帮我管管账什么的，还有就是买买东西之类的事，做这些事得用最贴心的人。”

“姐，你要是这样说，从今往后，不管是上刀山，还是下火海，我们都跟着你。”

“啥上刀山下火海的？那都是男人的事，哪儿还轮得上你们这几个大学生！”

“好哦，好哦。”

俩人依偎在一起，有说有笑的。

“吱呀——”大铁门开了。

“周莎莎、宋芳。”一个手持一串钥匙的女干警站在门前喊。

“到！”俩人一下子就从床铺跳了下来。

“出来吧！”

“是！”俩人一前一后地往原先拘留的监舍走去。

一进监舍，除了宋芳的两个同学，其他的人全是陌生面孔。

“报告政府！我的小姐妹们都到哪儿去了呀？”周莎莎一看傻眼了，十分疑惑地问。

“都回去了！你整理一下自己的行李，一会儿跟我去值班室那签个字，也可以走了！”

“那政府，她仨呢？”

“你管好你自己就行了,别人的事还轮不到你管。快整理东西。”

“这……”

“什么这那的？你要是不走，就别走了！”女干警态度十分生硬地说。

“姐，你别管我们了。你赶紧走，相信我们，不会有事的，兴许明天，我们就能见面。你快走吧！”宋芳赶紧跑过去一边帮着周莎莎整理物品，一边劝说。

临走时，俩人还抱头相拥，似难舍难分。

# 八十三

周莎莎前脚一离开拘留所，宋芳就被带到了审讯室。

“顾蕾同志，让你们受委屈了。这几天情况怎么样？”方钢一见到顾蕾就迫不及待地问。

“没事，没事。让大家牵挂了。”

“小顾，先喝点茶。在里面她们没有为难你们吧？”陈副局长一边把茶递到顾蕾的手上，一边关切地说。

“没有，好得很呢！”

接着，顾蕾就把在里面这两三天的情况给陈副局长和方钢汇报个仔仔细细。特别是她与周莎莎每一次谈话的细节都说得清清楚楚。

“顾蕾同志，为了你们的安全，你们还得在这儿再住上一两天，以防周莎莎她们这儿也有线眼。”陈副局长说。

顾蕾点了点头，没有吱声。

“顾蕾同志，还有没有什么事，要给我们交代的？我们在外面给你办好。”方钢说。

“哎！瞧我这记性，真差。你要是不提醒，我差点把一件重要的事给忘记了。是这样的，你们帮我不光要留意周莎莎这个人，还包括她平时都和一些什么样的人有来往，尤其要注意的是公安机关的人，或者是与公安机关关系十分密切的人。另外，再帮我查一下余光这个人。这个人很重要！他的行踪，他的长相，他的喜好……总之，他的一切，我都需要掌握。”

“呵呵，顾蕾同志，看样子这几天拘留所你们可算是没白蹲啊！你的怀疑，也就是我们事先考虑到的，所以没有去打草惊蛇，先让你们进来摸摸情况。现在看来，我们的判断基本上和你们掌握的情况方向是大致相同的。”

“那周莎莎一伙儿放了，也是欲擒故纵吧？”

“不过也没白放，她至少给我们留下了一条很重要的线索，就是我们公安机关内部有他们的人。”

“这人露出水面了吗？”

“呵呵，这不证实了你的怀疑吗！难怪钱书记和余副市长一致推荐你们参与呢！果然是一出手就不同凡响。”陈副局长没有正面回答顾蕾的话，而是把话锋一转，巧妙地回答道。

“陈副局长，别给我们戴高帽子了！我们可都是跟你们学的，这是班门弄斧，师傅面前献丑了。”

“顾蕾同志，纠正一下，不是班门弄斧，而是关公面前要大刀。”方钢开玩笑说。

“呵呵……”仨人都笑了，笑得是那么开心。

## 八十四

两天后，宋芳三个一起出现在星光夜总会总经理周莎莎的办公室里。

“这两天，姐一直是心神不安，天天给你们烧香，请观世音菩萨保佑你们能平平安安地早日出来。这回观世音菩萨真的显灵了！谢谢大慈大悲的观世音菩萨！”周莎莎一高兴，把她们仨拉到观世音像前，双手往胸前一合，十分虔诚地说。

“让姐担心了。”宋芳十分感动地说。

“哎呀，光顾着说话，都快坐下来，喝点茶。快坐呀。”周莎莎十分热情地张罗着，又是倒茶，又是让座。

“姐，我们可想你了！”

“大姐也想你们呀！和我一起进去的那些好姐妹，太不靠谱了！平时我对她们可好了，可那天那么多人欺负我，居然没有一个人敢往上冲的。还是我宋芳妹妹够处，不然，那天我就要吃大亏了。”

“大姐，不说这个了……哦，对了，你不说，差点我都忘记了，那天和我们打架的那三个人，我就再也没见过了。”

“呵呵，那三个人呀！早就听说给转进了看守所，给看押了。敢和老娘斗，她们还嫩。”周莎莎趾高气扬、洋洋得意地说。

“哦，姐是怎么知道她们的事？”宋芳问。

“呵呵，说你才出道吧，你还不服气！你想呀，姐是做什么的，这里面要是没有点人罩着，你以为姐还能在这前前后后地张罗、舒舒坦坦地数钱吗？！”

“哦！”宋芳一下顿开茅塞。她在庆幸她们仨幸亏在拘留所又多蹲了两天，不然这回就前功尽弃了。

“宋芳，不早了，我们已经给大姐报过平安了，大姐还要做生意，也挺忙的，我们就不打扰了，走吧！”在一旁长得有几分稚气的女子见宋芳在那发愣，赶忙提醒地说。

“好，好。”宋芳边点头，边站起来，往外走。

“怎么走呀，不是我们在里面都说好的呀，你不也是答应姐了吗？这回一出来，就跟着姐干呀，怎么能变卦了呢？”周莎莎急忙往前一站，把门一拦，极力挽留。

“宋芳，你看大姐这么诚心，你就答应了吧！再说，我现在连个落脚的地方都没有，不如在大姐这先干着。”圆脸的姑娘在一旁插话了。

“对呀！就在姐这先落个脚，到时找到合适的工作，你们再走，也不迟。”周莎莎急忙说。

“嗯，那只好这样了。”

“对了，光顾着说话，我还没把我这两个同学给大姐介绍一下。”宋芳说。

“不用介绍了，姐都知道。这位身材匀称、面容俏丽的姑娘，叫李春梅；那位满脸稚气，长得还没成熟的姑娘，叫吴成芳。我说得对吧？”

“都对！都对！”仨人都一个劲地点头。

“姐，你是怎么知道她俩的名字呀？”

“呵呵，你小小的年纪，怎么那么不长心眼呀，前几天我们不是一道有难同当、有苦同吃了？你们不会这么快就忘记了吧？”

“哦！不过你也没问过她们的名字，她们也没说过呀？”

“真是一个傻妹妹！不过呀，在这儿，你们都不能用真名字。都改个假名字，这样……”

“我们有名有姓，为啥要用假名字呀？”

“你傻呀，这是什么地方，这是风尘之地，是一个大染缸，你都让人家知根知底了，以后出去，你们还怎么做人呀？还怎么嫁人呀？听姐的，没错！”

“那姐姐，难道也是……”

“我呀，原先在那家歌舞厅，是用的假名字，现在得用真名字了，不然怎么到工商、文化、税务、消防部门登记领证呀！真是书读多了，都把你们几个给读傻了。”

“那我就改个名字，叫许宏佳。”

“我也改叫曹一婷。”

“那我就叫顾蕾吧！”

“还是我宋芳妹妹，有学问，改得最好听！”周莎莎鼓掌。

周莎莎与许宏佳、曹一婷、顾蕾在一起寒暄了好长时间后，见时间还早，还没有上客人，就领着她们三人到夜总会四处转转，说是让她们熟悉熟悉情况。周莎莎一边走，一边向三人介绍。

这正中她们的下怀。借机，她们把夜总会每个角落都熟记在了脑海里。转完后，周莎莎给她们仨分配了工作：顾蕾主要负责财务，在每天打烊后，负责把收银台收的钱，以及领班收的小姐管理费，全部收齐入账；许宏佳主要负责每次由服务生领取的酒水、果品、小食品等的出库，并把出账单及时交给收银台；曹一婷则在大堂，当副领班。

# 八十五

华灯初上，江城已是一派繁华的夜色。大街上，车水马龙，五光十色，红红火火。

客人也三三两两陆续来夜总会销魂，潇洒走一回。顾蕾、许宏佳、曹一婷站望着这星光熠熠、流光溢彩、美轮美奂的江城夜景，怎么也抹不去心中的愤懑。那些男男女女纸醉金迷、放荡不羁的夜生活，真让人痛恨不已……

“北堂夜夜人如月，南陌朝朝骑似云。南陌北堂连北里，五剧三条控三市……”许宏佳身在这花花世界，情不自禁地朗诵起唐代卢照邻的《长安古意》。

“劝客驼蹄羹，霜橙压香橘。朱门酒肉臭，路有冻死骨……”曹一婷也跟着起哄，朗诵起杜甫的《自京赴奉先县咏怀五百字》。

“行了，行了！你俩就别那么酸溜溜的，开工了！”

顾蕾这么一说，仨人都进入了各自的角色中。

许宏佳一回到夜总会就忙得直不起腰，而顾蕾却一直闲着，躲在办公室陪着周莎莎天南海北地侃侃而谈。她得等到打烊时才能插上手。

再说曹一婷，她一上班，就跟跑堂的王小二似的，只要包厢一上人，她就得从一个大大的休息间里领着一帮穿着妖艳的性感小姐去包厢让客人们挑选，挑剩下的，她再领着送回休息间。就这样，一晚上，她来来回回得跑上个二十多趟。不过她的收获最大，她一下子就掌握了夜总会上上下下几百号小姐的姓名、手机号码、坐台情况等等。就连哪一个小姐出台了，出台是什么价位，她都一清二楚。甚至连一些不在夜总会名册上的小姐，她也有所掌握。这还不算，她万万没有想到的是，自己可是小姐心目中的女财神，小姐个个都争先恐后地和她套近乎，甜言蜜语地灌她，给她小恩小惠。

原来呀，曹一婷手上的权力最大，她想让哪个小姐去坐台，哪个小姐才能去；她想让哪个小姐去陪什么样的客人，也是她说了算。曹一婷没想到在这儿，还过了一把权力瘾。但她对这种权力一点都不开心，心里像打翻了五味瓶，很不是滋味，暗暗地叹惜：悲哀呀！为了钱，这些年轻女子居然去出卖色相，出卖灵魂……就算有什么苦衷，也不能……

曹一婷心情沉重、无精打采地坐在一旁发愣。

“打起来了！打起来了！”不知哪个包厢传出叫喊声，而且叫喊声震天动地，压过了音乐声。随后，夜总会大厅一片混乱。

两帮人为争夺一个小姐，大打出手……双方都有人被打得头破血流。

“别打了！要打你们滚出去打！”不知从哪又冒出一帮人，个个剃着小光头，凶神恶煞的样子，把打架双方给拉开了。原来，这帮人说好听点是夜总会的保安，说难听点就是夜总会看场的打手。他们一到，就镇住了争斗双方，平息了事态发展。

两帮人都自觉地跑到收银台前买好单，灰头土脸地悄悄溜了。

片刻后，大厅又歌舞升平了。

曹一婷无意间，发现一个西装革履的男子，坐在大厅最拐角的一张小圆桌前，跷着二郎腿，要了杯啤酒，独自在那听音乐。

曹一婷太熟悉不过这个身影了，她悄悄走到他的跟前，说：“先生，你要什么服务吗？”

“不要！”那人把头一抬说。

“你怎么也来这里呀？”

“我不是怕你们遇上什么危险吗？”

“你在这儿，我们更危险。”

“怎么会呢？”

“你来这儿，既不唱歌跳舞，又不要小姐。这样会引起怀疑的。”

那人啥也没说，起身，掏出一张50元放在圆桌上，用啤酒杯压住，离开了夜总会。

# 八十六

顾蕾、许宏佳、曹一婷在夜总会一连几天都是在嘈杂声和打情骂俏声中度过。她们有个共同的感觉就是煎熬，度日如年。她们仨到了中午才起床，草草吃过午饭后，就来到周莎莎的办公室。

“姐，这两天收到三万多元的现金，正好下午也没有什么事，我想让许宏佳、曹一婷一起陪我去趟银行，把保险柜里的这些现金存起来。”一见面，顾蕾就向周莎莎说。

“还是妹妹想得周到，钱放在夜总会不安全。你们一起去，也有一个相互照应，晚饭前回来就行了。”

“好的，好的。”

三个人拎着钱包，先到银行办理好存款手续后，顾蕾说要回趟家。许宏佳和曹一婷，就乘上公交车，在市内转了几圈，发现没人在后面盯梢，就打的直接去与方钢事先约定的地方见面。

顾蕾呢，与许宏佳、曹一婷分手后，也是逛了一个又一个商场，确认身后没有尾巴后，方悄悄地回到市政府宿舍。一到家，妈妈看到女儿，就是问长问短的。别看顾蕾已转业到地方工作，要想回趟家，也是不容易的。公安机关有铁的纪律，得时时处处自觉遵守。妈妈见女儿消瘦了许多，心疼了，就要去厨房做点女儿最爱吃的菜。

“妈，我都吃过了，您不要累了。我回来是找爸爸有点事。”顾蕾急忙拦住妈妈，劝说道。

“你父女俩说事，说你们的，等你们事谈好了，妈这菜就做好了呀。”妈妈说。

“这叫可怜天下父母心。你就随你妈的愿吧！闺女，什么事那么急呀？能不能等到晚上，我回来再说？”父亲边从衣帽架上取下一件西装往身上穿，边说。

“爸，就耽误您老半个小时，行吗？”

“那好吧！咱父女俩到书房里说。”父亲看了看墙上挂的钟，说。

“嗯。”

“闺女，是啥事，这么神秘？”

“爸，您还记得余伯伯家有一个儿子叫余光吗？”

“咋不记得呀！闺女，你怎么好好地打听他，干啥？”

“爸爸，你就别打听为什么了？你先回答我的问题。”

“余光，你也认识呀，以前我们两家住在一个大院。他是你大哥的同学，你还记得吗？你小时候老是跟在人家屁股后面玩。1998 年，他爸调到江城来工作。第一年春节，他妈带着他们姐弟三人一起来探亲，我们两家还是在一起过的年三十。你不记得了吗？”

“有点印象！那时我才三岁，余光哥跟大哥他们一起还在上大学呢！他特别文静、儒雅，就像是一个孔夫子。”

“余光比你大哥有出息。”

“大哥不是也很有出息嘛！他都成美籍华人了。这可没凭您一点点关系哦。”

“是哦，闺女，你哥就是这点让爸最生气的地方。你看人家余光也是到美国留的学吧，人家学成就回来报效祖国了。你哥倒好，死活不想回来，算是白养一个儿子了。”父亲叹气地说。

“爸，跑题了！我让您说余光哥，您咋说着说着说到大哥身上了呀？”

“余光，这孩子呀，我也是好多年没见了。前年到京开会，我去了趟你余伯伯家，只听你婶婶说，余光在一个什么保密单位，搞科研,出了不少科研成果。其他我也没多问,你婶婶也没多说。”

“没了?”

“没了。闺女呀,你到底想打听余光啥呀?要不我来给你余伯伯打个电话,帮你问问,不就了了吗?”

“那就不必了。”

“你这闺女呀,成天神神道道,我看你呀,一百岁都不成人,将来怎么嫁人哦。”

“你爷俩别唠叨个没完没了的。闺女呀,别听你爸做报告了,出来吃饭吧!”

“好啦!”

“闺女,想起来了,那年春节,我们两家在一起过年时,拍过一张合影。照片放在书橱下的那本影集里,你自己找吧!记得可别把东西给我翻乱了。”

父亲一走,顾蕾翻箱倒柜地找出当年两家的合影照,只见余光身穿一件洗得发白的黄军装,清秀的面孔上长着一双单眼皮的小眼睛,长得虽不帅气,但也透露出文弱的书生气质。

顾蕾从影集里取下这张照片,往口袋里一塞,小步跑到餐桌上狼吞虎咽地吃着妈妈亲自下厨炒的几个小菜,边吃还边说:“还是妈妈做的好吃。”

# 八十七

夜,渐渐地深了,夜总会还是十分喧闹。

周莎莎和顾蕾正在办公室里一边饮着鸡尾酒，一边欣赏着音乐，十分惬意。

“当当当——”突然，传来轻轻的敲门声。

“进来。”

“周经理，出了点状况。”大堂经理一进来，就贴到周莎莎耳边，小声说。

顾蕾一见这情景，就立马从沙发上站起来，往外走。

“小妹，要到哪儿去呀？”

“姐，你们有事，我回避一下，正好我出去转转。”

“妹你坐着，没事。我小妹不是外人，有啥事就说，别那么神神秘秘的。”周莎莎望了望顾蕾，又看了看大堂经理，漫不经心地说。

“周经理，是这样的。今晚9点多，有个小姐出台，在江岸国际大酒店，让查房的公安给抓住了。”

“抓住就抓住了，这事又不是第一次发生，有什么大惊小怪的啊！”周莎莎打断了大堂经理的话。

“关键是……”

“关键是啥呀？”

“关键是在那个小姐身上搜到了两包冰毒。”

“啥？她身上哪来那玩意儿？”周莎莎一听，一下子就从沙发上蹿了起来。

“我也不清楚。不过听几个小姐私下说，好像她们是从余哥身边的那姓王的人手上买的。”

“这个挨千刀的，我早就叫他不要沾冰毒，他当面答应得好好的，怎么背底又去……这可是要掉脑袋的事。”

“姐，现在不是骂人的时候。我在想呀，如果我们不马上把这事摆平，公安要是顺着这条线一查，很快就能……”顾蕾说。

“这个道理，我懂！那你们都快快帮我，一起好好想想法子呀。”周莎莎就像热锅上的蚂蚁，六神无主了。

“姐，我是想呀，公安是把人抓了，也当场搜到冰毒，人家没有把人直接给带走，而且很快就把这一消息传过来了，你想呀，这说明了什么？”顾蕾分析着。

“是呀，那这到底是为什么？”

“我也就在想这个问题，这到底是为什么呢？报信的人，是不是和余哥有什么关系，或……”顾蕾继续分析着。

“或是什么呀？你能不能一口气把话说完，你想急死姐不成。”

“或是想诈我们一笔钱。”

“要是能用钱解决的问题，那还叫问题吗？”周莎莎说。

“周经理，江湖不是有句话嘛，花钱消灾。”大堂经理在一旁插话道。

“这招，灵吗？”顾蕾说。

“不试，咋知道呢？对，死马当作活马医，咱们不妨就试一试！”周莎莎说。

“姐，不妨你先跟姐夫商量商量，再说吧！”

“商量个屁！等商量好了，人家早就查到这儿了。”

“那姐夫不在江城吗？”

“在。他要不在江城，咱也不会那么快能从拘留所出来。”

“他在江城，路子多，上面又有人，还是先告诉他，请他去处理。万一我们几个娘们把事办砸了，到那时残局收拾起来就难了。”

“这——”周莎莎犹豫了。

“姐，你看这样行不行？许宏佳陪大堂经理带着钱，去大酒店去捞人；我陪你去找姐夫。”

“也只能这样了。”

“姐，你先休息一下。我去取钱，顺便给许宏佳交代一下。”

周莎莎有气无力地点了点头。

# 八十八

深夜，周莎莎、顾蕾、大堂经理、许宏佳先后消失在夜幕下。曹一婷也借机悄无声息地从夜总会溜了出来，找到在附近接应的方钢。一进屋，曹一婷就见屋里的人全是市局的战友，她问：“方支队长，是咋回事，怎么一下子来这么多战友呀？”

“为配合你们行动，确保任务成功，陈副局长让我多带些人前来参战。”方钢说。

“请代我们谢谢局领导！咱们长话短说。”

“好的。”

曹一婷赶紧把这里发生的事情和所掌握的情况，简要地向方钢做了介绍。

临走时，曹一婷还一再嘱咐方钢，到大酒店的那一路，一定要等许宏佳同志把钱交给那个人，才能行动。千万别提前行动，要人赃俱在，当场擒获。

随后，方钢拨通了局长的专线电话，一五一十地将情况做了汇报。

“好的，好的！”余副市长在电话里说。

市公安局作战指挥中心，灯火通明。

余副市长放下电话，走到钱江面前，商量了一会儿。“钱书记，请您下命令吧！”“这哪行呀，您是公安局长，这调兵遣将的事，归您管，我可不能插手。”余副市长没有再推让，就健步如飞地走到麦克风前，操着洪亮的声音对着麦克风说：“现在我命令！代号‘扫黄打伞’行动开始！请各战斗小分队出发！”

余副市长的命令一传到这间小屋子里，两队荷枪实弹的特警就迅速上了两辆警车，分两路远远地咬住了周莎莎和大堂经理的车。

曹一婷走进夜总会，立即剪断了巴台上那部电话线，五分钟后，全副武装的公安干警就把夜总会给团团围住了。在夜总会包厢内，警察当场抓获二十多对卖淫嫖娼人员，缴获避孕套五十盒，神油三瓶，现场还搜获摇头丸、冰毒五袋……

与此同时，许宏佳和大堂经理在大酒店与抓到卖淫女的警察接上了头，许宏佳将钱交给那个警察，并把人领到了楼下。卖淫女和大堂经理也被前来的警察控制，许宏佳率三名参与行动的公安干警迅速上楼，将那名收钱的警察捕获。参与江岸国际大酒店抓捕行动的警察将现场抓获的三对卖淫嫖娼者一同带回市局临时看管。

顾蕾陪伴着周莎莎坐一辆大奔驰向江城郊外疾驶。

车驶出郊外，天空没有星星和月亮，道路两侧也是黑洞洞的，路上只有这辆大奔在行驶着。

约二十分钟后，车行驶到湖边一个别墅小区，慢慢驶近最东头的一幢别墅小院停下。

“姐，我就不进去了，我和司机在车上等你。”顾蕾忙下车，边给周莎莎开车门，边说。

“嗯。”周莎莎浑身无力地答了声就下车按响了门铃。

“周姐，余哥已在楼上等您了。”开门的却是身材魁梧的洪曙民。

周莎莎情绪十分低落，也没仔细看人，一声不吭地上楼了。

顾蕾趁周莎莎去按门铃这一瞬间，已神不知鬼不觉地给司机一掌。司机头一歪，顿时昏迷过去了。随即，顾蕾又十分敏捷地闪身进了别墅，和刚开门的洪曙民耳语了几句。她见楼下仅有一名侍者，又趁其不备迅速出手也把那人给放倒了。接着，她把门打开，对外发出信号。

一队飞鹰似的公安特警已“唰——唰——”地冲上了二楼，还没等余光、周莎莎明白是怎么回事时，已被特警戴上了手铐，随后押了下来。

## 八十九

江城的子夜，静悄悄的。代号为“扫黄打‘伞’”专项行动，以迅雷不及掩耳之势，在不到半个小时之内全部结束战斗。

很快，各路人马全部按照预定方案将行动中所抓获的人，借着夜幕秘密押送到市公安培训基地的一座四合院式的招待所，进行临时羁押。公安培训基地坐落在江城西南方向30公里外的一个峡谷里。这儿，连手机信号都没有，基本上与外界隔绝，有利于保密。

钱江、余承武已早早地来到了这里，亲自坐镇，指挥审讯工作。余承武要求：“必须连夜突审，力争在天亮前有所斩获，并尽快将那些内鬼、黑手、保护伞，一网打尽。”

根据余承武的指示，参战的公安民警都是临时从异地抽调的业务骨干，市纪委也派出几名问询骨干，配合公安一起审讯。

很快，审讯开始了。基地一层的二十多间房子灯火通明。

余光被押进一间小屋，往一个小凳子上一坐，就见面前坐着三名威严的公安，身后是两名荷枪实弹的公安，侧面还坐着一位面无表情的女公安。他哪儿见过这阵势，顿时，两腿直颤抖，汗水一个劲地往下滴。

“叫什么名字？”

“叫余光。”

“多大了？”

“三十七了。”

“哪儿人？”

……

坐在审讯室的女公安不是别人，正是顾蕾。当顾蕾第一眼看到眼前这个叫余光的犯人的时候，一下愣住了：天底下怎么会有长得这么像的人？这个人简直就和她认识的余光哥哥是一个模子刻出来的，除了光头、气质不对以外。他要是满头乌发，再戴上一副高度近视眼镜，就和她心目中的余光哥哥一模一样。

顾蕾想要不是自己亲耳听到这人交代自己叫汪永南，自己是怎么也不会相信，眼前这人并不是她的余光哥。她想，这世道咋变成这样呀，怎么还会有假人呢？她一想到这儿，恨不得一个箭步冲上去，一脚把他踢飞了。

顾蕾坐在一旁发愣。

“知道你为什么会到这个地方？”

“不知道。”

“汪永南！”审讯的公安猛然喊出这个名字。

“到！”余光一下子就从凳子上站了起来，下意识地答着。

“汪永南，老实交代吧！”

“政府，能给一支香烟吗？”

主审讯官没有说话，暗示身旁的干警给他递上一支烟。

汪永南点着烟后，猛吸……两腿颤动得更厉害了，坐的那张凳子不时地发出一阵阵咯吱声。

审讯的公安没有急着继续审讯，而是在一旁看着他把烟抽完。

“汪永南，那你老老实实交代你的犯罪事实吧。”

“好的，好的。”

汪永南用衣服擦了擦满脸的汗水，对自己的犯罪活动一一交代了。

汪永南，北京房山人，无业游民，三年前，在西单大街上遇上一桩奇事。有个三十多岁的男子在大街上硬是拉着他，不让他走，非得请他吃饭不可。汪永南压根儿就不认识那人，越是说不认识，那人越是说，他是他的发小，从小在一个班读书，有二十几年没见了，一时认不出来也很正常。他说自己因家境不好，上到小学三年级就辍学了。

汪永南这下明白了，那人一定是认错人了。他心想，不花钱，白下一次饭店，对自己也没什么损失，就跟那人一起去饭店吃饭了。在吃饭中，汪永南掌握了这个和自己长得很像的那人的一些零零碎碎的情况。

打那起，汪永南便开始留心打听余光和余光家里的一些情况。当他知道，余光父亲曾在江城当过领导，现在又当了一个更大的领导，他就抱着试试看的态度，先来到江城，看看能不能借借余光的光，发发财。没想到，在江城并没人买账，他有些失望了，心灰意冷地买了张回京的火车票。

上车后，汪永南和一个五十多岁的干部模样的男子正好坐一个卧铺车厢。两人闲聊中，那人一听说他是余书记的公子，就特别热情。那人告诉他，自己叫徐志，在江城乡镇企业局当局长。两人一路聊得特别投缘。到京后，汪永南也很给面子，专门宴请了这位局长。徐局长当场邀请余光有机会再次到他父亲曾经工作过的地方玩，他十分愉快地接受了邀请。

## 九十

大约过了一个多月，汪永南真的应邀来到了江城。

一到江城，徐局长当晚就在江岸国际大酒店盛情款待了他。接下来的几天，徐局长又领着余光到他父亲当年留下政绩的地方参观，并把他隆重地给江城一些有头有脸的人物做了引荐和介绍。

有了徐局长的引荐，汪永南这回下榻的宾馆天天是高朋满堂，送礼的、来请吃请喝的……络绎不绝。更为巧合的是，徐局长在局长这个岗位上都快干了七年了，提拔的动静没一点，当初与他同一张纸任命的另外几个局长，几乎都提拔了，而他仍然在原地踏步，就连比他提拔得晚的几个局长，也有不少走上了更高或更重要的岗位。对此，徐局长一直有些心不甘。可自从认识老书记的公子不到两个月，他突然提拔到省上去当一个副厅长了。

他心存感激：一定是老书记暗中帮着自己说话了。打这起，他对这位公子哥更加呵护了。

听到徐局长的意外提拔，官场上一些官迷也千方百计地通过各种关系想结交这位公子哥。汪永南，这下成了江城炙手可热的人。他在江城住了一周，收受礼金就有十几万元，还有各种贵重物品几十件。他把这些物品一带到北京，就转手卖了五万多元。

汪永南发财了，发大财了！一个无业游民，一下子有那么多钱，他还真不知道怎么花呢！他想自己的这些钱，来得太容易了，要尽情地享受一番。于是，他出入京城大大小小的高档饭店要吃最好的，他到大商场要买最贵最有名的衣服……

在京不到半个月时间，汪永南的钱也就被他这样大手大脚花得所剩无几了。他又得凭借着“余光”这一特殊的身份和长相，再次来江城行走一趟。

汪永南这回一到江城，气场就不一般了，说话、办事都非常大方、利落，大有大户人家的派头了。他听说，余家的那位公子在他父亲在任期间，只到过一次江城，没有人见到过他。这样，他汪永南在江城就是真真切切的“余光”了！所以，他说起话来，办起事来，都可以放开手脚大胆地去说，去做。他行走上层社会不卑不亢，结交黑帮老大胆大妄为，吃喝玩乐放纵不已。特别是与他结识的几个黑社会头目，凭着他的关系，摆平了好多事。汪永南从中也得到了丰厚的报酬，房子、车子、票子，还有女人……他享受了人间天堂般的生活。

自从汪永南与江城西城区一带黑社会老大王虎成为兄弟后，他接管了一家夜总会，在江城拥有了一份属于自己的产业。特别是他在公安又有几个好哥们罩着，汪永南感到以前那样骗吃骗喝，都是小儿科，实在没啥意思。于是，他开始勾结黑社会组织，强迫妇女卖淫，并悄悄贩毒。汪永南做梦也没想到一夜之间，神兵天降，他成了阶下囚。

审讯周莎莎的那一路干警收获不大。审讯时,周莎莎一直哭，她只承认她是帮汪永南打理夜总会，对汪永南的犯罪事实基本上没参与过，也不知情。

审讯收受夜总会那笔钱的那个干警对自己充当汪永南耳目一事供认不讳,并如实交代了在市局和分局共有三人充当保护伞。

各路审讯均有所收获，钱江、余承武一听，深感此案重大，当即指示：迅速组织力量，汇总审讯情况，他俩将尽快赶到省纪委、省公安厅通报和移交涉案保护伞的徐志。

同时，钱江还明确指示，由市纪委常务副书记王成负责组织力量，对充当涉黄涉黑犯罪团伙的保护伞，无论涉及哪一级官员，立即协同公安机关予以严惩不贷。

余承武也当场拍板指示：由陈副局长亲自挂帅，调集力量，火速铲除以王虎为首的带有黑社会性质的贩毒犯罪集团。

任务一部署完，钱江、余承武又把许宏佳、方钢、曹一婷、顾蕾一起叫到房间，顺手将根据汪永南和那个内鬼交代的整理出来隐藏在公安的五个保护伞名单，往许宏佳手上一塞：“请你们立即从刑警支队、治安支队挑出精兵强将，迅速组成五个抓捕小组，立即行动！在天亮前，务必要把这些内鬼绳之以法！”

“是！”许宏佳、方钢、曹一婷、顾蕾等分别率抓捕小组迎着曙光，向市区进发了……

# 九十一

为确保五名涉黄涉黑保护伞的犯罪嫌疑人被捕的消息不泄露出去，余副市长找到钱江商量说："这五人关到公安管辖的看守所的消息容易外泄，建议把他们全部关押在市纪委双规点，办案人员也全部进驻双规点办案。案件不办完，不准离开，这样可以确保一点风声传不出去。同时，每次审讯时，建议能有一名纪检干部参与，从而确保不徇私、不护短、不串供。"

钱江一听，也觉得余副市长此话颇有道理，就欣然同意了。钱江心想，这回，纪检公安强强联手，不仅一举铲除了江城一大毒瘤，而且还成功地拔掉这一涉黄犯罪团伙隐藏在公安的内鬼。更令他兴奋不已的是，顺手捣毁了一个黑恶势力及其保护伞，为江城除了一大害！

此案案情重大，不能有一丝一毫的差错。钱江当即指示：纪检和武警分别加派人手，确保万无一失。

纪检初核，双规调查，公安案件侦查，多管齐下，同步推进。

这里最为典型的案件，应当属于韦长财的案子。

韦长财，被捕前，系江岸区公安分局局长，四十九岁，大专学历……

据韦长财交代，他从小就十分喜欢警察，知道警察是专门抓坏人的。18 岁那年考入警校，圆了立志要当警察的梦。警校毕业那年，正好赶上学校不再包分配，眼看着从小立志要当警察的梦，就要破灭，心里非常焦急。最后他家人通过各种各样的关系，好不容易才疏通各个环节，让他通过后门进入派出所，当上了一名民警。

起初，韦长财也算是尽职尽责，年年被评为先进个人，多次在维护社会治安、打击犯罪的战斗中立功，并入了党，还一步步从一般警员当到派出所副所长、所长。当所长了，自己的权力变大，胆子也随之变大了，就逐步放松了对自己的严格要求，从开始人家请吃饭都请不动，发展到一天没人请，浑身都不自在，没人请，就找人请。辖区内的单位、商家挨个请，自己是逢请必到，有时一晚上都赶几个场子，天天喝得东倒西歪的。时间一长，吃吃喝喝，成了“三高”。吃喝太伤身体了，就开始收礼，来者不拒，收礼不过瘾，就改只收钱，不给钱不办事，他要把当初当警察，家里送出去的钱，连本带利全收回来。

后来，辖区内一夜之间突然开了许多歌舞厅、桑拿浴、发廊、洗脚屋、按摩房……这些地方做的大多不是正经生意，自然就变成了公安打击的对象。那些老板个个是人精，背景深的，就通过人来打个招呼，没有硬关系的，就自己主动上门攀高枝，基本上月月都是上千上千地送。

这些地方虽然带色，但可都是他的摇钱树。拿人钱财，替人消灾，似乎是天经地义的事，他就对他们的不法经营是睁一只眼睛，闭一只眼睛。平时给钱多的，他就额外关照，不管遇上啥麻烦，只要在他职责范围内的事，他都会罩着。如果有人在那儿闹事，他也会及时出手帮着摆平。有时遇到上级检查，他都会事先叫手下的兄弟帮着传递个话，让他们暂时歇业，躲过风声。

# 九十二

自打结识了余光，不，应该叫汪永南。韦长财就彻底脱胎换骨变成了另外一个人。

前年夏天的一个晚上，大约 23 点，韦长财正和一帮朋友在江岸国际大酒店包房里打麻将。正在兴头上，值班民警前来找他说，辖区内的星光歌舞厅发生一起血案。几个顾客为了小姐，被舞厅保安打得头破血流，其中有一人伤势挺重的已被送到医院，万一要是抢救不过来，出了命案，事可就闹大了。

韦长财一听也慌了神，如果自己不及时赶到现场处理，人要是死了，事一闹大，他又是在外打麻将……上级一追下来，不仅自己的所长当不了，而且还很有可能连警察这个饭碗都端不上了。

韦长财一想到这儿，顿时就吓得一身冷汗，他二话没说，赶紧随着值班民警来到了现场。他前脚刚到，分局长、分局刑警队也到了，迅即展开了现场勘察。双方闹事的除了受伤送往医院的，其他人也已全部被派出所控制了。分局长一听，对韦长财是大大褒奖一通，夸他处事及时、果断、有效！

事发后，连韦长财都深感佩服不已：“平时真是小看了这小小的歌舞厅，把人打成重伤，居然像啥事没发生似的。这背景太厉害了，水也太深了！”

韦长财正深感纳闷之时，徐志带着一个光头来到了派出所，韦长财一看是徐局长来了，就笑呵呵地迎上前去：“徐局长，今儿怎么得闲，光临我这穷乡僻壤的小小派出所呀？”

“韦大所长，我可是无事不登三宝殿哦！”徐志也笑道。

“啥事，还非得局长亲自出马？您一个电话，小弟我就是跑断了腿，也值呀！”

“韦老弟，给你介绍一下，这是我的贤侄，叫余光。他呢，也是我们老市委书记的公子，他现在在你的一亩三分地办个实体。”

“那是余公子看得上这里，有什么需要，尽管吩咐！”

“那请所长大人多多关照。”那光头小子堆着笑脸，一边说，一边从包里取出几捆钱，往桌上一放。

“余公子，你这是干啥呀？”

“是小弟的一点点心意，也算是见面礼吧！前段时间，我旗下的星光歌舞厅给哥你添了大乱子了。”

“这是哪儿的话？都怪我们平时没有管理好，让余公子受惊了蒙受损失了！”

“韦老弟，你就收下吧！这也是我贤侄的一片心意。”

“徐局长，这可真的不敢！”

“韦所长！这权当是那天你们出警的辛苦费，还不行嘛！”

“不行，不行，真的不行！你这可是为难我了。我就是再喜欢钱，也不敢收这位老书记公子的钱呀！不是有句老话嘛，叫不看僧面看佛面。”

“韦老弟，你不会嫌少了吧？”

“好，好，我收，恭敬不如从命！”

## 九十三

事情的经过就是这样，这是韦长财第一次和余光见面。

见面当晚，余光还在江岸国际大酒店设宴款待了韦长财和他所里的警察。

酒足饭饱后，大伙都要走。余光却端着酒杯站起来说："各位慢点喝，小弟还有最后一道菜要上。"

余光话音未落，就见两个漂亮的女子，一人端着个盘子走到每位客人身后。另一个十分娴熟地从盘子里拿出一个鼓囊囊的信封，很有礼貌地递给每位客人。

吃饭的人从没见过这阵势，一下子全愣住了，全把信封放在了桌上，不敢动。

"这是余董事长的一点心意，请大家别见外，就收下吧！"韦长财发话了。

所长一发话，有的拿着信封走了；有的假装喝醉了，东倒西歪，骂骂咧咧地离开了；也有的悄悄溜了。

那晚，韦长财又跟着余光赶了第二场饭局。这场饭局，是在郊外的一幢别墅里，别墅里到处点着蜡烛，用余光的话说，这是烛光晚宴，别有一番风味。

韦长财算是大开眼界，对眼前这位其貌不扬的余光，真是羡慕不已，佩服得五体投地。人家也是人，就是有一个好爹爹，活得多滋润，活得就像在天堂，要风得风，要雨得雨。

这一晚，俩人勾肩搭背喝了好多味道怪怪的洋酒。韦长财也许是喝不惯这种洋酒，也许是不胜酒力，没喝几杯，就醉了。

不过都说，人醉，心明白。韦长财虽说醉了，但他好像记得，自己醉后，有个十分漂亮的女人把他扶到床上，又帮他宽了衣服，然后做了什么，就记不清了。

等他一觉醒来，赤条条的身旁多了一个赤条条的女人。他揉了揉眼睛，心想这不是做梦娶媳妇吗？可当他定神一看，真真切切一个赤裸裸的女人躺在自己身边，这到底是怎么一回事？她又是谁？他和她咋睡在了一起？他和她昨晚到底发生了什么事……

韦长财躺在席梦思大床上，正在犯迷糊。这时，只见那个女子轻轻起身下床，站在他面前，毫不避讳地穿上一个粉色三角裤衩，又穿一件肉色乳罩，衣服一件一件地穿……韦长财，眯着小眼，看着眼前这个女子，水蛇腰，曲线身材，丰胸翘臀，既妩媚，又性感……

韦长财又一次来劲了，"唰——"的一下子就从床上蹿了下来，一把抱住那女子往床上一扔，就急不可耐地脱下那女子的衣裳，爬了上去，喘着粗气，昏天黑地地折腾得大汗淋漓。

## 九十四

过了晌午，韦长财还抱着美人在呼呼大睡。

一阵手机铃声把韦长财吵醒，他急忙爬起，从衣服里掏出手机，看了看，不是自己的手机在响，自己的手机在静音上，左看看，右看看，原来这手机声音是从桌上那个十分精致的小香包里传出来的。他使劲推了推躺在身旁那位赤裸裸的漂亮女子，贴在她耳边，小声说："美女，你的手机响了。"那女子翻了个身，慢腾腾地起来，又伸了一个懒腰，急匆匆下床，从包里掏出手机，然后，抱起衣服，钻到洗漱间里，一边接电话，一边穿衣服。

韦长财也起床了，一下楼，余光躺在躺椅上，二郎腿跷老高，嘴里还哼着小曲，十分惬意舒坦的样子。

“哥，昨晚睡得还好吧？”余光一看韦长财走到跟前，十分亲昵地问。

“不好意思，昨晚酒喝得太多了，在老弟家一觉睡到现在，真是对不起！”

“哥，你这是说哪儿的话？弟的家，就是哥的家！”

“谢啦！”

“哥，你我是兄弟，说谢字，就见外了吧！对了，饿了吗？”

“嗨，你这一说，还真的感到有些饿，有没有小米稀饭？”

“有！早煮好了，就等哥哥了。李嫂，给我哥端碗稀饭来。”

韦长财捧着碗，大口大口地一连喝了三大碗。喝完后，他用手抹抹嘴唇，说：“喝得真爽！”

“哥，好好休息一会儿，晚上还在这儿，我请了一个哥们来再陪哥喝几杯小酒，怎么样？”

“老弟，昨晚喝多了，要喝，改日我请你吧！”

“哥，难得清闲一回，晚上我们哥几个好好叙叙话，聊聊天，咋样？”

“客随主便。”

“那好！对了，咱做弟的，可不是拍哥的马屁，说真的，小弟第一次见到大哥时，就觉得大哥一脸富贵相。”

“别蒙哥了！哪有一脸富贵相，就是一脸苦命相。”

“哥，我可是说真的。瞧哥这名字，叫韦长财，就大有讲究！要是不富大贵，都不行！哥这‘长’，既能读长短的‘长’，又能读所长的‘长’、局长的‘长’吧？那个财字，就是钱的意思吧？还有‘财’字，‘贝’字旁加上个‘才’字，一连上，不就是宝贵人才。哥，这名字，是既能当大官，又能发大财。”

“呵呵，那就借老弟的金玉良言了！”韦长财一听，高兴地哈哈大笑。

笑归笑，但在韦长财心里，余光的这番话不无道理。他想，自参加工作以来，他的仕途一直是顺风顺水的，没有什么曲折。钱财嘛，虽没发什么大财，但也是肥得滴油，辖区内的那些歌舞厅、洗脚屋、发廊，连嘴都不要动一动，哪家不是按月主动孝敬自己千儿八百的。这真的感谢爹妈给自己起了个又能升官又能发财的好名字。

正当韦长财憧憬着这一切因名字而带来的美好生活时，余光拿一个大纸袋，往茶几上一扔，说："哥，打开看看，喜欢不喜欢？"

韦长财看了看纸袋子，不慌不忙地打开一看，袋子里足足装有 10 沓钞票。他先是愣了一下，然后又疑惑不解地问："你这小子，又要搞啥鬼名堂了啊？"

"哥，这归你了！"余光笑着说。

"你搞啥名堂吗？哥可是无功不受禄。"

"哥，我经常是在江城与京城两头跑，江城这，我平时也顾不上，全仰仗哥给罩着。小弟只是表达个心意，不成敬意。"

"咱是你哥，对吧？"

"是，是！"

"那不就结了！给弟罩着点，那是做哥义不容辞的责任。这钱，哥不能收。"

"哥，我是这样想的，想请哥给我在江城的公司当个顾问啥的，这只是顾问费而已。"余光十分认真地说。

"那我也不能……"

# 九十五

余光和韦长财正相互推辞着，别墅大铁门的门铃响了。

李嫂急忙去开门，走进来一个四十多岁的男子。此人长得五大三粗，虎头虎脑，满脸横肉，一进门，直接朝客厅走来，边走边直着嗓子说：“余老弟，在家吧？”余光笑呵呵地赶紧迎上前去。

“嗨，老弟这有贵客呀。”那人已进了客厅。

“王哥，我来给你们介绍……”

“老弟，不用介绍了，我们认识。”韦长财也起身说。

“噢！韦大所长也在这呀？小弟失敬了，失敬了。”那人把双拳往胸前一抱，说。

“不敢，不敢。”

三人客套一番，就坐下喝起了茶。韦长财对眼前这位相貌平平的余光，有些刮目相看了：原来这小子真不是凡角，到江城没几天，江城的白道黑道通吃。来的那人，叫王虎，此人在江城纠集了一帮地痞流氓，这些人都是亡命之徒，平时作恶多端，是江城无人不晓、无人不知的一霸。就连一些三岁小孩子都知道他的名字。有些孩子淘气往外乱跑，家长只要一喊：“王虎来了！”小孩一听，马上乖乖地回去。就连他韦长财平时见了，也让他三分，这叫强龙不压地头蛇。公安机关曾在多次的打黑除恶中，想一举捕获这一混世魔王，每次行动，都让他成了漏网之鱼。

他们围坐在茶几旁，聊着天，品着茶，不知不觉已到了傍晚。

江城的傍晚，色彩绚丽，夕阳一会呈深黄，一会又呈殷红。天空有时会现出神秘的蓝灰色暗弧，暗弧外还镶一道亮弧，变幻莫测！

“两位亲哥哥，我们不如到院子里喝茶品景，不然岂不是浪费了这美景了吗？”借着这美色，余光突然提议说。

“亲哥哥？”

“是呀！你们可都是我余光的亲哥哥。”

“那我们就来个‘桃园三结义’，韦所长，咋样？”王虎说。

“这……不好吧？我可是公安，不能……”韦长财有些犹豫不决了。

“哥，别为难了。结了，兄弟我们只会帮哥的忙，不会给哥添乱子的，更不会影响自家哥的大好前程。”

“对，对！”王虎也在一旁说。

“那行，那行！”

“韦所长，年长我几岁，就是咱们的大哥。余光，年龄最小，就是三弟。”王虎说。

“好的，李嫂快拿酒来。”

“韦大哥，在上，以后我王虎就是大哥的二弟，随时随地都听候大哥的调遣。”三人一喝完拜把子酒后，王虎往地下一跪，抱起双拳，就是三叩首。余光一见也跟着跪拜。

自打三人结拜后，王虎也从没在韦长财管辖的区域闹过事，也从没少给过韦长财钱。余光更是俯首称臣。韦长财也是拿出做大哥的样子，时时罩着他的这两个兄弟，并拉着自己的几个手下，帮他们办了不少事。

去年，韦长财忽然荣升到分局局长的宝座，韦长财一想这肯定是余光暗中帮忙的。余光这小子路子真野，不然这等好事，怎么也不会轮到自己头上。对此，余光既不否定，也不肯定，只是笑着跟韦长财说：“都是自家兄弟，理所应当的。”韦长财还把他叫到一边一再追问他，究竟花了多少钱？余光淡淡一笑：“只要是能用钱摆平的事,那还叫事吗？哥哥跟弟弟,不要问钱的事。”

从此后，三人的关系更深更铁了。

# 九十六

韦长财及其被一起拉下水的四名涉黄涉黑“保护伞”，分别被双开，并锒铛入狱。

省纪委、省政法委也分别发出通报，对江城市纪委、市公安局予以通报表彰。

但钱江心里一点都没放松，他深感自己如履薄冰，肩上的担子反而越来越沉，越来越重了。他在想，韦长财就是一粒老鼠屎坏了一锅粥。这等败类不仅损害了人民公安的形象，而且严重败坏了社会风气。要确保经济社会高质量发展，一定要有一个良好的政治生态做保障。作为纪检部门任重而道远，这正风肃纪，永远没有休止符。

这时，钱江又突然想起了张大山的腐败案，又想起了苗正刚、宋和平、陈磊、费文静等案，又想起他当年在省纪委办的一系列腐败案件。这些腐败案件都共同揭示出一个现象：那就是权权交易、权钱交易、权色交易、钱权交易。这些交易不仅严重败坏了党风、政风、民风，而且还使一大批像宋丽霞、孔开江、程虎等那样的公职人员成为一场场肮脏交易的牺牲品。同时，还无辜伤及了像黄文明、闻多喜、王芳等一些普通群众。

权生钱、钱生权、权生权、钱生钱的潜规则驱逐一些心术不正的官员和一些意志薄弱，没有道德定力，原本还算是清正廉洁的官员走上了违法乱纪的歪路。他们从贪腐中尝到甜头，并获得巨额金钱，再以金钱开路，去跑官、买官、要官，如此恶性循环严重损害了党的肌体，破坏了良好的政治生态。

一想到这些，钱江思绪万千……

钱江独自一人默默地在市委大院里转了好几圈。他在想，要想彻底清除这些腐败，作为纪检部门在选人用人上千万不能再像以往那样，仅仅只把握一个有没有举报件那么简单的“回复关”，而是一定要深入实地考察，为组织把好政治关、廉洁关、能力关、为民关、形象关，让忠诚、干净、有担当的优秀干部脱颖而出，让贪官、庸官、昏官无处遁形……

“钱书记、钱书记，让我们好找呀！几个派驻机构的纪检组组长都在会议室等您。”纪委办公室主任一路小跑追上了钱江说。

“嗨，怎么把下午找他们来开个座谈会的事给忘了。”钱江一边说，一边和主任朝楼上小会议室走去。

## 九十七

座谈会原本的主题是讨论如何建立一支敢监督、善监督、会监督、能监督的纪检干部队伍。

钱江一进会场，十分歉意地对大家说：“很抱歉，让大家久等了！午休起来后，我一个在大院里散会步。没想到，散着，散着，突然脑子里冒出我们纪检部门如何把好任用干部廉政‘回复关’这个问题，一不留神，把下午开会的事给忘了。”

“钱书记，这个问题提得好！”

“这个问题，切口虽小，但小中见大。”

“能正确把握好‘回复关’，敢监督、善监督、会监督、能监督，就事半功倍了！”

……

“哈哈，没想到我们的纪检干部，居然也学会了拍马屁！”钱江笑着说。

“钱书记，这可不是拍马屁，更不是在恭维您。我给大家讲一个前不久发生在我们局里的一个真实故事。”驻国土资源局纪检组严组长说。

今年上半年，国土资源局提拔一批正科级干部，其中有一个姓张的副科长没有举报件，平时在单位口碑很好，从不得罪任何人，谁找他办事，他都很热心，在民主推荐中他在这批拟提拔的人中得票数排第二。我们纪检组在廉政“回复”时，我就多长了一个心眼，让纪检监察室再去进行一次考察。考察中发现，他虽然没有明显违纪违规的问题，但也有人告诉我们说，此人挺会做人的，也比较会来事。他经常有事没事，喜欢请同事们在一起吃吃喝喝的，联络联络感情，每次看似他自己买单，可私下他都是找一些开发商给报销了。纪检监察室就找了几家开发商，一核查，发现别人反映的问题确实存在。党组会上，我就投了反对票说，此人不但不能提拔，而且还可能需要处理。会上，有人认为我们纪检是小题大做了，说：“只是让你们回复他有没有举报件，有就有，没有就没有，干吗把简单问题复杂化了？”但多数人支持说：“纪检这关把得好！是对组织、对事业、对同志负责。”就这样，此人在会上就没顺利通过。正当我们着手对他的问题进行初核时，一天检察院的同志来了，说有个案件牵涉他，把他给带走了，从此就再也没回来。上会那天研究给他双开时，党组书记、局长十分感慨地说："这次多亏纪检帮着党组把了这一关！不然这回我们就闹政治笑话了。"以前在会上对我们提出质疑的同志也涨红了脸，做了深刻的检查。

严组长的故事一讲完，驻水利局纪检组汪组长也说，"回复"看似小事，这小事不小。它关系着组织的权威，来不得半点马虎。他还列举前不久发生在水利局的一件十分难堪的事。他们也是提拔一名科长，提拔前，人事部门也对他进行了考察，纪检监察室也给回复说，没有收到过此人任何举报信。但公示提拔第二天，就收到了一封有关他的举报信，反映他的第一个问题是，他出入会所。经了解，有一天，局一个在外地的下属单位来找他办事，办完事后就在郊外的一家会所宴请他。他那天还有一个饭局，就跑到会所，连坐都没坐，站着敬了几杯酒，就串场子去了。这个问题暴露出三个问题：一是他出入会所是事实；二是接受下属单位宴请；三是这个单位利用公款请客。第二个问题说他利用开会之际，绕道公款旅游。一查，也确有其事。第三个问题说他利用公款给 ××× 领导送礼，这事经反复核查，属无中生有。我们纪委根据查实情况，立即启动了对他进行党纪处理的程序。他呢，提拔自然也就落空了。这事，本该到此结束了，可却引来一场不小的风波，弄得领导很被动。

……

这个话题一打开，纪检组长们讨论得十分热烈。会议最后形成一个《关于严把选人用人廉政"回复关"的实施办法（暂行）》。

# 九十八

这一暂行办法一出台，钱江的眼睛就紧紧盯住了现在仍在重要岗位而且下一步很有可能还要提拔重用的领导干部，重点把好这一类群体的政治关、廉洁关、能力关、为民关、形象关，侧重普查这一类群体中的每个人是否存在不收敛不收手现象，是否属于问题线索反映集中、群众反映强烈的人？并将普查情况建立“全市后备（预提）领导干部廉政‘回复’数据库”，以备组织上一启动提拔程序，廉政“回复”能随时跟上。钱江称之为“不打无准备仗！”

普查迅速在全市二十一名后备领导干部中展开。

市卫健委医政科科长常新卫，是市后备领导干部之一，并参加过青干班培训，已列入预提对象。驻市卫健委纪检组在普查中发现，此人在填报廉政档案中“个人房产”一项，有瞒报、漏报之嫌。常新卫个人申报房产两处：一处是在卫生局宿舍区 96 平方米经济适用房，另一处在江城闹市区锦江小区 168 平方米；而实际查出其爱人名下还有两处门面房，未申报。

常新卫为何要向组织瞒报个人财产？为拉直这些问号，纪检组进行了深入调查。

不调查不知道，一调查吓一跳。常新卫原先在市第一人民医院任副院长时，分管药品采购。当时，市卫生局就收到过不少群众举报，反映他在药品采购中拿回扣，上级也派人查过，但都是不了了之。

据说，那时有位局领导怕他在医院积重难返，为化解矛盾、转移视线、平息风波，就把他平调到局机关。开始，只给了他一个虚职。局、委合并时，他才安排为医政科科长。这个科有一个重要的职能：负责全市大大小小医院的医生、护士的初、中级职称评定工作。他掌握这一实权后，又恶习不改，多次在职称评定中收受礼品和红包。

还有人举报常新卫曾收受过江药集团上市前馈赠的一些原始股，具体数额不详。而在调查中发现此举报情况不符合事实，真实情况是：江药在上市前，常新卫就购买过价值 5 万元的原始股，该股每股市值 8 元；上市当天就涨到 10.2 元，半个月后，江药涨停时每股已达 16.3 元，常新卫立即抛售，获 40 多万元。至于他爱人买的两个门面房，资金来源有待于进一步厘清。

其他问题，如药品采购拿回扣、收受礼金等问题，情况复杂，涉及面广，由于纪检组缺乏调查取证手段，得寻求市纪委支持，才能开展深入调查。

就在这时，钱江办公桌上也摆放了一份材料。这份材料记载着由朱德贤案牵连出的原市卫健委党组书记、主任宋和平，原副主任陈磊等相关人员的情况。

钱江在看这份材料时，就用红笔在这样一大段文字下划上一道红杆杆，写道：“宋和平供认，自己儿子结婚时，常新卫曾随过礼，具体金额，我实在记不清了；陈磊也说常新卫曾给自己送过 5000 元加油卡。”

钱江看完材料，就将此材料批转给了驻市卫健委纪检组，请他们一并核查。紧接着钱江又根据纪检组的请求，指示三室要全力协助驻市卫健委纪检组对常新卫的进一步核查。

# 九十九

“丁零零——丁零零——”桌上的红色电话机响了。

钱江拿起电话，就听话筒里传出：“您好！是钱书记吗？我是市委值班室。”“是的，请问有什么事吗？”“是这样的，大门口，有位叫有常新军的同志来找您……”“那麻烦你，请他在值班室稍坐片刻，我马上下去接他。”“好的。”钱江一听这名字，感到十分亲切，又很激动。

这个叫常新军的人，不是别人，正是钱江从军路上的引路人，也是他十分尊重的老首长。

记得钱江当兵来到部队，刚下到新兵连第一天傍晚，有位头戴五角星，身穿着四个兜，脚穿两夹头大皮鞋，三十岁左右的帅气军官来到班里看望新兵，并和他们促膝谈心，唠起家常。聊天时，那位军官得知钱江是从省城入伍的，就和蔼可亲地说：“小钱，我是江城人，咱们也算是同乡。”钱江连连点头。那位军官走后，班长告诉钱江，那就是新兵连的指导员，叫常新军。听老兵们说，在部队比较讲究老乡关系，有句顺口溜“叫老乡见老乡，两眼泪汪汪”，还有一句，“亲不亲，故乡人”。在战友间，老乡关系算最铁的一种。刚到部队，钱江并不理解这两句话的真正含义。自从钱江与指导员攀上老乡关系后，训练上、生活上都得了不少照顾。钱江刚从城市到部队，艰苦生活没过过，指导员有啥好吃的东西，也会给他这个小老乡送点。钱江不会整理内务，指导员也会手把手地教他。钱江训练跟不上，指导员也会抽空给他做示范，教他如何按动作要领训练……短短 45 天新兵训练结束了，指导员又把钱江带到自己连队去当兵，并在第二年，钱江在指导员的关心帮助下一举考上军校。

三年军校毕业，钱江被分配回到老部队，报到那天正好团干部股长让他到三营当排长，具体分到哪个连，由营党委定。钱江高高兴兴地来到营部。“报告！”钱江轻轻敲响了挂着“营教导员”门牌的门，操着洪亮的声音喊道。“请进！”回答声从屋内传出来。

进屋后，“唰——”钱江就是一个标准的军礼。

“小钱，祝贺学成归来！”一位军官从椅子起身，一边回着军礼，一边说。

钱江一看眼前这位军官，不是别人，正是对自己恩重如山的老指导员常新军。教导员笑容满面地说：“小钱，你要想在部队有出息，有作为，就得到火最旺的炉子去炼！”“一切听老首长的安排！”“那好！告诉你实话，九连是一个有着辉煌战功的连队，现被调到师农场去垦荒了。我在营党委会上，把你推荐去那当排长，怎么样？”“坚决服从命令！”“我就等你这句话了。”

接着，教导员给他讲为什么要把他派到最艰苦的环境去摔打，是想能让他早日锤炼成一块好钢。钱江一听很感动，愉愉快快背起挎包和行囊去九连上任了。他在那儿，一干就是四年，并当上了连里的副指导员。

四年之后，教导员调到团政治处当主任，钱江在基层也摸爬滚打成为一名优秀的基层政工干部。常新军就把他调到政治处宣传股当干事。

几年后，常新军被交流到兄弟团当副政委。钱江就和这位一直关心他成长的老首长分开了。所以在钱江心目中，常新军不仅仅是自己的引路人、老首长，更是自己的亲兄长。当年要是没有这位亲如兄弟的老首长时时引导，处处培养，可以说就没有钱江的今天。因而一听说常新军这个名字，钱江十分激动，他非要下楼去迎接自己这位亲如兄弟的首长不可。

## 一〇〇

钱江一见到老首长后，又是沏茶，又是递烟，真不知用什么方式来款待自己多年不见的老首长才好！钱江等老首长坐下，就回忆起那火热的军营岁月。钱江说："当年多亏了老首长的教导与培养！我一辈子也忘不了老首长的恩情。"

钱江入伍那个年代，部队干部制度已改革，不准从战士中直接提干，须经过军事院校深造后，方能提升为干部。他说，那时自己才十八九岁，啥也不懂。当初当兵，他就为了退伍回地方后能安排一个正式工。至于能不能在部队当干部，自己从来都没有想过。和自己一同从省城入伍分到一个团的，共有五十名老乡，绝大多数战友都是只当了三年兵就退伍回去了。

当时指导员硬逼着他利用业余时间复习文化课，有时还把他叫到自己宿舍，就像看管自己小孩子一样，监督着钱江复习功课。尤其是团里为了能让战士考个好成绩，专门成立一个文化补习班。指导员是当时全团唯一一个工农兵大学生，顺理成章地成了补习班的文化教员。这下指导员就"以权谋私"硬是把钱江也带进了补习班，而且还额外给钱江开小灶，帮他补习语文、政治这两门功课。

钱江说到这儿，常新军笑逐颜开地说："小钱，说老实话，当初我非逼着你去参加军校考试，你一定好恨我吧？"

“老首长！哪能恨您呀！当初要不是您硬赶鸭子上架，哪能有我今天呀！您是知道的，我之所以能捧着铁饭碗坐在这儿，全亏了老首长当年的栽培！您老对部下来说，是知遇之恩，再造之恩！俗话说，滴水之恩，当涌泉相报。您对我的好，我会记一辈子的。”

两人都沉浸在浓浓的战友情、兄弟爱之中。钱江说着，说着，突然想起问问老首长这次回江城能住上几天，他好安排时间，好好陪陪老首长在家乡多转转。

“嗨！见到你，一高兴，差点把来托你办件事给忘得一干二净！人啊，一上年纪，瞧这记性！真是不服老不行呀！”常新军忽然一拍脑门儿，说。

“老首长，只要是部下能办的事，请您尽管吩咐！部下一定照办！”

“那好！我也就不转弯抹角了。”

“老首长，您有啥直说。”

“小钱，我是江城人，你是知道的。我呢，兄弟姐妹共五个，四个都很早以前离开家了，都各有各的事业，也照顾不到家。我父母年老多病，这些年全亏了我那个最小的弟弟，他叫常新卫，在市卫健委工作。那年他大学一毕业，被分配到北京一家医院工作。我听到这一消息，既欣慰，又纠心，心里矛盾极了，怕他离开江城，父母身边无子女，万一遇上个头痛脑热的，身边连个端茶送水的人都没有。我呢，就通过在北京的关系，硬是找人把他调回到江城工作，这也是我一辈子都感到对不起他的地方。前段时间，无意中在报纸上看到你的名字，一打听，战友们说，你确确实实调到了江城工作，我一高兴就专程回来了。一是想来看看你，二来想把我这个弟弟托付给你，请你替我这位不称职又自私的兄长多关心关心他，以弥补我这些年对他的歉意。”

## 一〇一

钱江一听到“常新卫”这三个字，脑袋瓜儿“嗡嗡”直响。

钱江对老首长都跟自己说了些什么，也没听个明白……此时此刻钱江脑海里想得最多是：纪委普查完全是在一种保密状态下进行的，纪检组初核也是非常保密的。执纪人员不得单独接触任何涉案人员及其特定关系人，调查取证等工作必须由两人以上共同进行。即便要找相关人员进行调查谈话，也要报经审批，不可能有哪个环节出差错。那么常新卫是不是又从哪听到了什么，从而搬来了救兵……也许就是自己多虑,可能就像老首长说的那样，是来看看自己，顺便请……自己跟随老首长多年，了解老首长的为人，是一个有啥说啥的人，是一个爱憎分明的人，自己的为人，很多都受到老首长潜移默化的影响……

“小钱啊！你要是为难，就算我没说！咱们战友一场，我不能看着你犯错误。”常新军一看钱江的神态,感觉不大对劲,忙补充道。

“老首长，真的对不起您！刚才部下为一件棘手急事分心走神了，真不好意思！”钱江这才缓过神来，赶紧解释道。

“理解，理解！你现在的工作，操心事、烦心事、难心事都多,那就不打扰你了。今天能见到你,很高兴！”常新军一听这话，就起身要走。

钱江说什么也不能让这位有恩于自己的老首长就这么离开，执意要留老首长吃个饭。

常新军拗不过他，就随钱江去了一家饭店。

一到饭店，钱江点了许多老首长平时爱吃的菜：红烧肉、红烧猪大肠、清蒸鱼……

“谢谢你，还能记得我好那一口儿！现在不是那个年代了，我现在除了个子没长高，其他都高了，高血压、高血糖、高血脂、高尿酸。呵呵，咱们今儿是食草动物了。”常新军一把夺过菜单，十分风趣地说。

“老首长，一见到您，我就想起那时在部队，我们是一把花生米、一根黄瓜，就能喝上半斤酒。”钱江也笑着说。

“你还记得吗？有年你嫂子到部队探亲，我去买了三斤大肥肉，本想炼点油，没想到你小子一到我宿舍就把三斤肉往水里一煮，煮熟了，连盐都没放，就让你一口气全吃了！结果，我和你嫂子，只能吃你剩下的汤，再加点大白菜。”常新军说。

“那时的肉，太金贵了！买点肉，还要肉票。我是解了馋，却把老首长一个月的肉全给吃掉了。现在想想，还真不好意思呢！”钱江接过话茬。

常新军和钱江一边喝着酒，一边在深情地回忆那激情燃烧的岁月。

面对自己心中敬仰的老首长，钱江几次想说说心里话，并且想暗示老首长回去好好劝劝他的弟弟常新卫主动去向组织说清自己存在的问题，以争取宽大。可话一到嘴边，又咽了下去。他知道，自己不能这样做，也绝不能因个人感情而放弃原则立场。他一再提醒自己，无论是亲情、爱情，还是友情、恩情，都不能忘记自己的身份，不徇私情，千万不能在老首长面前吐露半个字。

钱江望着面前这位慈祥、和善，而又有恩于自己一辈子的老首长，心里思来想去，矛盾极了，自己要不是纪委书记，那该有多好呀！自己可以不用昧着心思和老首长说话，自己可以没有任何隐瞒地和老首长谈天说地。这会儿，钱江才真正觉得昧着心思说话真的很累！

# 一〇二

这一回，钱江和常新军都喝了好多酒。至于自己是怎么回到家的，老首长又是什么时候离开的，自己和老首长都说了些什么，钱江一点儿都记不清了。不过有一点，钱江记得十分清晰，就是关于常新卫的事，他连半个字都没敢吐出来。他只是答应老首长，一定会像老首长那样去照顾这个小弟弟。

俗话说,纸是包不住火的。总有一天,常新卫的事会暴露出来。那时，该怎么去面对自己的这位老首长……钱江不敢想，也不愿意去想。他坚信这一点，就是车到山前必有路，船到桥头自然直。

半个月后，各组普查情况形成文字材料汇总到钱江的案头，钱江急不可待地直接翻到《关于对常新卫同志的核查情况报告》。

报告是这样描述的：常新卫并无隐瞒个人财产，其爱人持有两套门面房，确有其事。据调查，常新卫与叶红，名为夫妻，但早已名存实亡。他俩早在五年前，也就是2013年9月，因夫妻感情不和而分居。常新卫登记的原市卫生局经济适用房，分居后由其妻长期居住。当时，两人曾签订离婚协议，进行财产分割，后因女方父母坚决反对，离婚被迫停滞。不过此协议是律师代为起草的，双方签字后，留存律师事务所，并约定待时机成熟后，再履行离婚手续（证据见附件1：离婚协议书）。其妻子叶红所持两套门面房，是在她与常新卫分居后第二年买的，其购房款均为叶红贷款（证据见附件2：银行抵押贷款合同）。常新卫所持股票，是江药一中层管理人员因家里急等用钱而转让给常新卫的，并无馈赠之说。那时常新卫并非在公务员序列，属正常投资行为（证据见附件3：股票转让协议书,股票交割银行流水存单）。

常新卫虽未隐瞒个人财产，但却隐瞒了自己的婚姻状况。

至于先前有举报信反映常新卫在担任江城第一人民医院副院长期间有药品采购拿回扣行为，据初步核查，确有此事，累计金额约 23.5 万元。其中从市医药公司先后 7 次收受回扣共 12.5 万元，从某药品代理商处收受礼金 5 万元，从江药公司收取好处费 3 次，每次两万元，共 6 万元……

钱江看到这些，再也看不下去了，心一下子就悬了起来。他在想，这回该怎么向自己的老首长交代？他想等常新卫案尘埃落定时，去趟南京，当面向老首长请罪。

这想法一产生，钱江马上又否定了，当面说固然好，但自己去解释会不会越描越黑。老首长如果能当面责骂自己一通，或给自己脸色看，自己都能承受得了。可是怕就怕老首长既不骂他，又不责怪他……那场面就难收场了。

钱江经过激烈的思想斗争后，还是决定到时给老首长写封信，把问题说清楚，说透彻，以赢得老首长的理解。老首长毕竟是位老政工出身，道理肯定比自己懂得多，懂得深……这主意一拿定，钱江又开始伏案仔细研读其他组的核查报告了。

钱江眉头紧锁看完了这一大沓材料，大笔一挥，写下这样一行字：“回复精准画像，普查势在必行！”

## 一〇三

这几天，钱江是难得的清闲。

清闲的时光，让钱江多少感觉有些不适应。自参加工作以来，都快 37 年了，就没有像现在这么清闲过。18 岁去当兵，一到部队就天天摸爬滚打，战备执勤，忙个不停……年迈的父母生病，做儿子的不能守在病床前尽孝道。爱人生孩子时，自己却不能陪伴在身边。女儿出生一周岁，还没见过父亲长的是啥样子。那年回家探亲，女儿一见到他，就是不要他抱，一抱就哭个不停，嗓子都哑了……他为人子，是一个不称职的儿子；他为人夫，不是一个好丈夫；他为人父，不是一个好父亲。

那些年，家里大大小小的事，全靠爱人顶着。女儿上高中那年，钱江好不容易从部队转业到地方，他想这回能照顾到家了，也就是在转业安置前这几个月，家里里里外外，钱江都是一把手，他想把这些年对家人的亏欠全补回来。可安置到省纪委工作第二个月，他就随同事一起进驻到双规点办案了，一去就是一个多月。

这一个多月，就像在人间蒸发一般，与外界一下就隔绝了，家人不知道他在哪儿，他也不知道家里啥情况。他想，自己虽然在部队是正团职领导干部，生活起居有人照应，但刚到地方工作，一切都从零开始，要迅速转换角色，适应地方工作节奏和工作环境。他万万没有想到的是，纪委咋和部队一样忙，工作节奏一样快，纪律要求一样严，保密程度一样高……这些对他钱江来说，都是小菜一碟，只不过他亏欠家人的，一时就无法偿还了。对此，他深感歉意。

那年女儿参加高考，钱江找到领导说，女儿长到 17 岁，作为父亲从没陪女儿逛过一次公园，从没陪女儿过过一次生日……领导一听，当即准了他三天的假。可说是三天假，钱江只接送女儿一天半，就赶到了双规点，给全封闭起来了。

钱江从事纪检工作这些年，家人也渐渐习惯了家里有他没他一样过。他呢自然也慢慢适应了这种紧张的工作环境，要是有哪天不忙的话，他反而感到浑身不自在。

钱江在纪检岗位上工作这些年，尤其是担任了纪委书记这一要职，从中也悟出这样一个道理：纪检工作忙，证明“森林”中的“病虫害”依然存在，等这些“病虫害”都没了，生态好了，自然他这个纪委书记肩上的担子就轻了！

在钱江看来，他的最终目标就是想做一个清闲的纪委书记。为了这一目标，钱江带领他的队伍就像一台机器不停地默默运转着，甚至有时还要超负荷地运转。

钱江决定利用这几天清闲时间，去看看老首长的父母，替老首长尽一下孝心；去找几位受过处分的同志好好谈谈心，进行“暖心回访”，及时把组织的温暖送到他们的心坎上；去基层走一走，倾听一下基层的呼声……

清闲了没几天，钱江的手机突然响起来。

## 一〇四

钱江打开手机，是一个陌生号码发来的信息。

这段信息的内容如下：“尊敬的市纪委领导，我是江城电子有限责任公司的一名普通员工，今天斗胆向您反映我们公司董事长蔡桓仁独断专行，大搞一言堂，并把公司机器设备贱卖，从中谋取私利，造成国有资产流失……”

钱江认认真真看了几遍，然后随手转发给信访室主任，并打电话请信访室务必引起重视，一定要亲自打电话联系上发这条信息的人，了解一下情况。

信访室主任一点都不敢怠慢，连用座机打了十几遍，手机要么无人接听，要么直接关机，就是打不通。主任很是纳闷，既然发信息举报，为何又不接电话？主任心想，是不是举报人现在有事，不方便接电话？

一连几天，他都没有打通这个号码。就在信访室主任感到疑惑不解时，纪委网站上开通的网络举报信箱，也连续收到三封同一内容的举报。他想一定要先找到举报人，了解一下情况，才能启动信访件核查程序。他又分别用手机、固定电话连续打了好几遍这个号码，话筒里都是同样一个语音："对不起，你拨的号码不存在……"

"这真是怪事，前两天还能打通，可这几天怎么就不存在了呀？"主任百思不得其解，就打电话去移动公司咨询这一问题。移动公司告诉他，这个号码是不记名的充值卡，50元一张，话费用完了，如不继续充费，号码就停用了。主任立刻明白了：这是一个匿名举报。他从手机和网络上分别把这一匿名举报下载下来，打印成纸质版，做好处理标签，立即呈送分管领导。

可领导还没批示下来，类似的举报信又铺天盖地涌进了纪委各位书记和各室的信箱。钱江自然也收到了这封举报信，且说得更详细、更具体，列举的问题，不仅有时间、地点，而且还有证明人，并且还是实名举报。

这封举报件的内容与发匿名信息的举报如出一辙。只不过匿名信息简洁明了，而举报信说的是有鼻子有眼，写的也是活灵活现的，让人一看就触目惊心，深恶痛绝。

信的内容大体分为这样三大块：

第一块内容反映的是身为党委书记、董事长的蔡桓仁独断专行，大搞一言堂。公司重大事项不经董事会、党委会前置研究决策，而大搞个人说了算。如，2017 年 8 月 7 日，蔡桓仁在党委会上突然提出要花 500 万元，从国外引进一套生产芯片的流水线。当时其他党委委员都说此项目重大，须经“三重一大”程序后，再提交党委会讨论决策。蔡桓仁当场发火，还大发雷霆，弄得会议不欢而散。证明人：党委班子成员。

第二块内容反映蔡桓仁贱卖企业设备，从中谋取私利，造成国有资产重大流失。如，2017 年 10 月，公司一套八成新的电子元件生产机器，原价 230 万元，除去折旧费，至少也值 190 万至 200 万元，而蔡桓仁却以 110 万元把它贱卖给广东东莞一家民企。据了解这家民企老板是蔡桓仁大学时的同学，蔡桓仁从中收取 10 万元的好处费，造成国有资产重大损失。证明人：分管生产的公司副总经理祁金玉。

第三块内容反映蔡桓仁好大喜功，热衷于面子工程、形象工程、政绩工程。如，公司原大门是自动化电子拉门，2017 年 11 月，为迎接市里一位领导来企业考察调研，连夜拆掉，并在一周之内突击修建了一个汉白玉大理石的超豪华型门楼。这件事全公司员工都可以证明。

……

“在严厉惩治腐败的大环境下，居然还有这等胆大妄为的人！这不是偏偏往枪口上撞吗？”钱江一读完，有些义愤填膺了。

# 一〇五

同一内容的举报信，足足有 23 封，一下汇总到信访室。信访室连同先前收到的那个匿名举报、网上举报合并转交给党风政风监督室一并处理。

李煜主任接到这厚厚一沓雷同的举报件，感到举报的问题线索具体、指向明确，就按照信访举报核查程序，与举报人取得联系。对方称自己叫洪曙民，是江城电子有限责任公司的员工。对方听说是市纪委找他，一个劲地在电话上说："自己就是一个普普通通的员工，一无权，二无势，三无后台，就是想违纪，也没有这个机会。"并反复在电话上追问纪委为何要找自己？自己又没犯啥法，找我干什么？李煜不便在电话上多说什么，一再好言相劝："……没有什么大事，只是想麻烦你能抽空到我们这来一趟，有个情况，想和你沟通一下……"对方还是不同意，说："我就是一个平头老百姓，找我了解啥情况？有什么事，就在电话上说。"李煜是好话歹话说了一大筐，对方总算答应下午来了。

李煜见到对方是一个长得帅气的小伙子。李煜又是递茶，又是让座，显得十分热情。

"领导，找我来有啥事？赶紧跟我说。我在这只能蹲半小时，过一会儿，还要去接我们董事长。"小伙子还没坐稳，就急切地问。

"不急，不急，先喝口水。"李煜说。

小伙子没端茶杯，而是掏出一支香烟点着，吸了一口。

李煜一看，小伙子神态显得有些紧张，"怦怦"的心跳声，都能听到。

"你在单位是不是给你们董事长蔡桓仁开车呀？"李煜想以

此来缓和一下气氛，首先开了腔。

小伙子点了点头，没答话。

“你们董事长，人怎么样？”

“领导，您是指哪一方面？”

“哪一方面都行。”

“不会吧，领导不会费那么大劲，把我找来就问这个吧？一定还有别的事，你就直说吧！我一会儿还得出车，我们董事长最反感不守时的人。”

“那好，那好！那就问了，你是叫洪曙民吧？”

“是的！”

“你以前有没有用过135××××531的手机号？”

“没有，绝对没有！我以前不在江城，回到江城，也不足一年时间，而且一直以来只有这一个手机号码！”

“那你最近有没有写过什么信之类……”

“都啥年代了？现在通讯方式都这么先进了，有谁还写信？”没等李煜说话，洪曙民就打断了他的话。

“是这样的，最近我们收到一些举报信，反映你们董事长……”

“你不会怀疑是我写的吧？”洪曙民一下子蹦起来了。

“小洪同志，别激动啊，等我把话说完，行不？”

“能不激动嘛，我要是怀疑您……您会怎么着？”

“我这可不是怀疑你，而是请你过来，就是想核实一下，这封信是不是你写的？”

“您这还不叫怀疑，那叫啥？”洪曙民火冒三丈。

“是不叫怀疑！瞧，这封信落款是你的名字吧？留的手机号也是你的吧？”李煜把举报信内容用纸盖着，只露出信的署名和手机号码。

“他妈的！是谁那么缺德，居然冒充老子的名字，要是给老子逮到了，非揍扁这狗日的不可……”洪曙民这下更是火气冲天，一蹿老高，嘴里还不干不净地骂着。

“小洪，冷静点，冷静点。”

“能冷静吗？这事要是让我们董事长知道，还不活剐了我！这下可好，我就是跳进黄河也洗不清了。”

“不是你，就不是你！咋能洗不清呢！”

“领导！这信绝对不是我写的！我拿我的党性、我的人格，来保证！我绝对不会干这卑鄙无耻的事。我们共产党人最讲光明磊落的！”

## 一〇六

洪曙民说，他是刚从部队退伍回来的，到这家公司工作还不到半年。董事长见他能吃苦耐劳，嘴紧，又勤快，还是退伍军人，又听招呼，又守规矩，更重要的是在公司上下又没有什么盘根错节的关系，所以就选中他给自己当驾驶员。

他还告诉李煜，他们董事长是个有着一身正气而又敢说敢干的人，肯定得罪了不少人。这些人明地不敢跟董事长对着干，私下就给董事长使阴招，败坏董事长的名声，恶心恶心董事长。这些人太歹毒了！太可恶了！自己不想干事，还不让别人干事，唯恐天下不乱。

洪曙民对李煜说："我是董事长的驾驶员，我的话，你肯定不会相信，你肯定会认为我的心偏袒着董事长，但是你们完全可以派人到公司去好好调查一下，看看我们董事长到底是一个什么样的人。"

洪曙民坐在那儿一个劲地叹气："现在想干点事，太不容易了，既要干成事，又要防小人。我太理解董事长的难处了！"

洪曙民还给李煜讲述了自己经历的一件怪事，其实也是见怪不怪的事。

一个月前的一个晚上，董事长和总经理一起到江城迎宾馆宴请几个从深圳来的客户，据说是洽谈合作共同研发一个什么产品，谈的时间比较长，9 点多，宴请才结束，他们说着笑着，一起走出包厢。走出包厢时，我见董事长和总经理好像都喝高了，走路有些东倒西歪，说话舌头都不直。不知是女服务员，还是客户，就是有两个漂亮的女子，一人扶着董事长，一人扶着总经理，走到宾馆的长廊里。

就在这时，我猛然发现有一个黑影拿着手机在远离董事长他们的前面晃悠，开始时我还没在意，心想，可能是人家在打电话。可定神一看，发现那人行踪有些鬼鬼祟祟的，好像是在用手机对董事长他们拍照。

当时，我就多长了一个心眼，悄悄跑到那人后面看个究竟。没想到那人不知道我在身后，往后一退，一头撞到我怀里，不知是惊吓，还是被撞的，"扑通"一声，手机就重重摔到地上，手机屏一下子就被摔碎了。我刚想说声"对不起"，那人一见是我，连手机都没顾上捡，就转身跑了。

见此情景，我正纳闷时，总经理的驾驶员在喊，说董事长已来了，叫我赶紧回去开车。我呢，就弯腰捡起摔坏的手机，往口袋一塞，回到车上。等我回家以后，躺在床上咋也睡不着，心里老想着在宾馆发生的那一件怪事，也许是好奇心在作怪，我便掏出捡回的手机，想打开看看……后来转念一想，私下打开别人的手机，窥视人家的私密，是一件极为不道德的事。我呢，自然也就没打开手机。不过我把那个手机上的卡取了下来，装到我一个旧手机上，往我手机打了一个电话。那部手机的号码就存进我的手机里了。

第二天刚上班，设备科的副科长卞德福就笑嘻嘻地找到我，还硬给我塞了一条中华烟，说自己昨晚到宾馆去看朋友，看到董事长他们,本想上前和他们打个招呼,又怕那样太唐突,转身想走,又与一个人碰个满怀。当时黑灯瞎火，我还以碰到坏人，就赶紧跑了。跑了以后就听有人在喊你的名字,就想碰的人,不是别人,应当是你。所以今儿上门给你赔个不是。我就问他，昨晚有没有掉什么东西，他连想都没想，就说手机不知啥时丢了。我就从口袋里掏出手机往他眼前一晃，问他丢的手机是什么品牌，号码是多少。他全说对上了，我就给他了。

卞德福还一再追问我有没有看过手机里的东西，我自然说我没看过。他就一再嘱咐我千万别把昨晚的事说出去，不然他在单位就不好做人了。那天晚上卞德福还在饭店请了我一顿饭。我是当兵的出身，知道什么该说，也知道什么不该说，更不喜欢搬弄是非。这事，我就一直烂在肚子里。

洪曙民说着，说着，一看时间不早了，就急忙起身走了。他走到半路上又折回去恳请李煜一定要替自己保密，要好好彻查举报件的事，还董事长一个清白，也还他一个清白。他还一再表示，请领导放心，他一定不会在董事长面前透露半句关于有人举报他的事。

# 一〇七

钱江听了李煜关于这起冒名举报件的汇报后，非常愤慨：这林子一大，啥鸟都有，不足为奇。不管举报人出于何种目的、何种心态，都要好好查一查，如反映属实，要严惩不贷；如属诬告，也正好还被告者一个清白，给敢担当的人撑撑腰，这也是我们纪委应尽的重要职责之一。

李煜受命以后，立即抽调驻国资委纪检组相关人员参加了信访件核查小组，自己当仁不让地担当组长。核查小组一到江城电子有限责任公司展开调查，就发现这个公司的人员关系错综复杂。这个企业原先是江城半导体厂与江城电子元件厂合并而成的。江城半导体厂始建于 1957 年 10 月，是全民所有制；江城电子元件厂是 1978 年 12 月创建的，原系半导体厂知青厂，主要为半导体厂“江城牌”收音机生产配件，属大集体性质。企业职工全部是当时半导体厂职工子女。2010 年 9 月，企业改制，两厂合并，改名为江城电子有限责任公司。

企业虽改名，但也是换汤不换药，新瓶装老酒，人还是原先的那些人，产品还是原先的那些产品，管理模式还是原先的那些管理模式。历史欠账多，企业效益长期不好，加上人际关系复杂，帮派问题严重，从而出现举报信多的怪现象。

产生这一怪现象的原因，是多方面的，但归结起来主要有这样四点。一是拉帮结派，山头主义严重，导致部分员工思想上抵触，行为上对立，给企业稳定持续发展造成长期困扰。二是企业转型发展进程中利益格局的重大调整变化。尤其是国有企业改革不断深入，市场竞争日益激烈，经营压力不断增大，企业转型发展遭遇瓶颈，员工收入增长缓慢，内部治理结构不断改变，各种利益格局不断调整，矛盾冲突日益凸显。员工的价值观和利益诉求呈现出不平衡性和多样性。三是诉求群体多元且人脉关系盘根错节。不同的群体，有不同的诉求。员工成分十分复杂，有近四分之一的员工是三代或两代在同一个企业，员工之间也有不少结成儿女亲家的。所以是你中有我，我中有你，稍不注意，就有可能掉进矛盾的旋涡之中，牵一发，动全身，甚至有时一不小心，得罪一个人，就可能得罪一帮人或几拨人。这种近亲繁殖的员工群体，外人是很难撼动的。四、一信多投和重复举报较多。随着信访举报渠道的不断拓宽，有的举报人将相同或相似问题，分别向多个部门或上级领导投递，造成重复劳动，也不利于保密。有的举报人对调查处理结果不满意，为引起上级领导和有关部门重视，重复举报，无形当中不仅给调查核实带来困扰，还造成了纪检部门人力、物力资源的浪费。

据驻国资委纪检组介绍，这家公司写举报信是有传统的。这家公司自 2010 年 9 月划归国资委管理后，每年都会收到这家公司上百封举报信。毫不夸张地说，这十几年来，光收到他们的举报信，用麻袋装至少三麻袋。每年纪检组光到这家公司查举报件多则月月来，少则一年也得跑个八九次，弄得纪检组是劳民伤财，苦不堪言。这些举报件大多是匿名信，举报的内容要么是捕风捉影，道听途说的；要么是无中生有，凭空捏造的；要么是鸡毛蒜皮，东家丢了一只鸡，怀疑是西家偷的。有时就是说错一句话，都有可能引火烧身，被举报。尤其是企业经济效益一直不好，基本上处于半停产状态，有订单，员工就来上班，没有订单，员工就在家歇着。一歇着，就会无事生非。结果弄得国资委里也没有一个人敢到这家公司来，都怕无故沾上一身骚。

前段时期，纪检组长来专题调研国有企业信访举报问题，说了几句公道话，要求企业风气要正，不要动不动就乱写匿名信。他前脚刚离开，后脚就有人写了举报信，说组长是董事长蔡桓仁为非作歹最大的保护伞和后台老板，弄得组长既哭笑不得，又十分尴尬。

纪检组还介绍说，市纪委收的信，国资委也同样收到有十二封一模一样的信。信上还威胁道："如果国资委护短，不敢查处，就告到市纪委、省纪委。"

## 一〇八

李煜听了纪检组的情况介绍，被惊出了一身冷汗。他想，自己这回来，会不会也像纪检组长一样惹上一身骚啊？自己名声倒无关紧要，自己是一个什么样的人，组织都了如指掌。关键是此行一定要彻底弄清是非曲直，还企业一个朗朗天空。

李煜率领的核查组迅速展开了外围的调查核实工作，他们分成三个小组：一组由他自己带领，负责找相关人员谈话了解情况；一组主要负责核查各种合同和财务账目；一组则主要负责查看党委会、董事会各种会议记录，重点查看有无违反"三重一大"决策程序的情况。

经过一周时间的初查，核查组一致认定，举报件所反映该公司党委书记、董事长蔡桓仁存在的三大问题均不属实，完全都是无中生有的。有的还是纯属捕风捉影的事。

2017年10月，公司将一套八成新的电子元件生产机器，以110万元价买给东莞一家民企。这一买卖完全是公平交易。公司在出卖这设备前，经过职代会、董事会、党委会充分讨论，并请第三方进行评估后，通过公管局招投标平台促成这一交易。东莞那家民企老板在来公司拉设备时，与陪同的蔡桓仁闲聊几句。那家民企老板一听说蔡桓仁是从江淮电子工程大学毕业的，就说自己也是从那个大学毕业的，蔡桓仁应该是他的师兄。交易前两人并无来往，更不认识，至于蔡桓仁从中收取10万元好处费，更是无从谈起。所谓的证明人副总经理祁金玉坚决否认，并称之为纯属无稽之谈。

核查组还发现，蔡桓仁不但没有任何违纪违规行为，而且还是敢于担当作为的好领导。企业这两年，扭亏为平，全靠蔡桓仁的有力领导。

蔡桓仁是1977年2月的下放知青，1979年3月回城被分配到父亲所在单位的知青厂，也就是江城电子元件厂当工人，一直在生产一线工作，改制那年当上车间主任，2015年当上副总经理。2017年5月破格提拔为党委书记、董事长。他对这家企业感情很深，1980年7月，通过自学考上了江淮电子工程大学。

大学毕业时，蔡桓仁本可以分配到一家好单位工作。但他却执意要回到自己父亲工作过的这家工厂。用他当时的话说，是想把在大学里学到的东西，用到厂里的发展上，所以他一上任，就进行了大胆改革创新。首先就是打破过去那种干好干坏一个样的考核，大力推行绩效考核。这下动了不少人的奶酪；再加上他父亲曾是这家企业的老厂长，在任时也得罪了一些人；同时他的破格提拔，又打破了官场上的游戏规则，有人认为他是靠父亲的关系才上位的。从此举报信就似雪花一样到处飘。这其中最大的推手就是总经理尤成功，具体操盘手有设备科副科长卞德福、精工车间主任单拂晓、原副厂长孟凡林。这些举报信，他们几个都承认是在尤成功的直接授意下，由卞德福或单拂晓代拟，后由孟凡林负责邮寄的。

## 一〇九

真相大白于天下。

可面对这一结果，钱江并没松一口气。在他看来，8 毛钱邮票满天飞的问题，并非是个案。他想，由自己亲自去公司，开个企业全体干部参加的大会，开宗明义就是去给敢于担当创业的蔡桓仁撑腰打气，还他一个清白，匡扶正义，狠刹这股歪风邪气。

一周之后，由市纪委、市委组织部、市国资委相关领导参加的江城电子有限责任公司干部大会在公司礼堂举行，会议由国资委主任主持。

会议共有三个议题：一、由市纪委党风政风监督室主任李煜通报关于对江城电子有限责任公司党委书记、董事长蔡桓仁信访件情况的调查结果；二、由市委组织部副部长和驻国资委纪检组组长宣布相关处理决定；三、由市委常委、市纪委书记钱江讲话。

李煜通报完信访件调查情况后，市委组织部副部长就宣布了给总经理尤成功党纪政纪处分的决定，并宣布将其降为企业中层管理人员，调离原单位，以及对孟凡林的党纪处分决定。纪检组长又宣布了对卞德福、单拂晓等人党纪政纪处分的决定。

最后，钱江发表了即兴讲话。他首先讲为什么市委要决定在公司召开这样一次会议，会议的目的和意义是什么。接着，他又讲了真诚欢迎广大职工行使正当权益，加以监督，同时必须要旗帜鲜明地反对匿名诬告。

钱江说到这，情绪有些激动了。他大声说："同志们！一个企业生存发展不容易，企业与我们职工是一荣俱荣、一损俱损，大家要风雨同舟、精诚团结，不要互相猜疑。工作中发生矛盾是正常的，千万不要去影响工作！更不能为了自己的小团体的利益，为了个人的一点点得失，为了个人荣辱，去伤害别人！更不允许捏造诽谤别人！捏造诽谤别人是要付出惨重代价的！我说同志呀！这一点请大家务必清醒地记住！捏造诽谤，不仅严重违纪，更是一种违法行为！今天我们之所以要处理这几个同志，就是要他们为自己的行为付出代价！就是要大家从中吸取教训，引以为戒！"

……

钱江的讲话，被一次次热烈的掌声所打断。

会议还没结束，蔡桓仁就按捺不住激动的心情，从座位起身，跑到主席台，贴在主持人耳朵嘀咕几句。主持人写了一张纸条，顺手递给钱江。

钱江用眼睛瞄了瞄，随后点了点头，继续讲话。这时，只听钱江把话锋一转，用一种铿锵有力的语气说："我不知大家平时都会欢迎一个什么样的领导？是欢迎一个平庸的领导，还是欢迎一个敢创新的领导？是欢迎一个成天无所事事的领导，还是欢迎一个真抓实干的领导？我想，不言而喻，大家一定会很欢迎一个成天想干事、善干事、能成事的领导！要想干事，就会得罪人！不干事，得罪绝大多数想干事的人！想干事，得罪极少数不想干事的人！我坚信，在座的各位都是想企业发展得更好。想发展，就得要干事，天上是不会自动掉馅饼的！大家想干事，那么为什么不能拧成一股绳，创造一个干事创业的好环境呢？”

……

钱江话音刚落，主持人说：“下面请江城电子有限责任公司党委书记、董事长蔡桓仁做表态发言！”

蔡桓仁的发言是临时增加的。会议一般都有一个约定俗成的规矩，就是会场上谁是最大的领导，谁最后讲话。面对这突如其来的情况，有很多人都为钱江叫好。

蔡桓仁刚一张口发言，就哽咽了，眼泪“唰——”地夺眶而出……

# 后记：我是“坐家”

我不是作家，也从没想过要当一个作家。从真正意义上讲，我可称得上是一个名不副实的“坐家”。

为何给自己这样一个定位呢？理由很简单，我从一参加工作至今，一直与文字打交道，算得上是一个能耐得寂寞、守得清贫、忘得名利，并且能坐得住的人。大家皆知，大凡做文字工作的人，“坐家”是基本功。只有坐得下，方能静下心，方能做好文字排列组合。我起先写写新闻，又学的是新闻，后来当上记者，专门从事新闻宣传工作。我写写消息、通讯、评论，偶尔也写点散文、报告文学，还应约写些电视片解说词；再后来改任领导职务了，天天不是写材料、改材料，就是审材料、看材料，一天也没有脱离过文字工作；就连出任纪委书记，居然还是与从事文字工作的文化人天天打交道，真可谓是与文字结下了不解之缘。

2018 年秋，军队出版系统进行改革，全军一些知名的出版社撤的撤，合的合……我一想，军队系统出版资源丰富，也很优质。这些资源正好是我供职的单位所需要的。我虽不分管出版业务，但也不能眼巴巴地看着这些资源从眼前流失。于是，我就带领旗下几家出版社的主要负责同志专程赴京，策划并举办了一次军旅作家出版选题恳谈会。参会人员中有 5 位知名作家是我的老战友，他们都是全国作协会员，而且有的战友还是“鲁迅文学奖”的获得者呢！真让我敬佩羡慕。在闲聊中，他们用一种开玩笑的口吻对我说："我们几个战友中，少了一个作家，却多了一个领导干部呀！"

我笑了，笑得那么言不由衷。在我改任行政领导职务之后，他们对我并不十分了解。记得那时候，我虽用大量的精力去做行政工作，但是也从来没有放弃过手中的笔。我担心成天与"官样文章"打交道，荒废了自己的文学功底。于是，我就暗暗地给自己定下一个"规矩"：工作之余，坚持练笔不放松，把这些年自己采访过，或参与处置过的突发事件，以及听战友讲述过的战斗故事，一一记录下来，然后经过艺术加工提炼，写成小说。为了不在战友们面前留下一个"不务正业"的印象，我就用笔名。这些纪实类的中、短篇小说发表后，颇受读者欢迎与喜爱。

这次在京，遇上几位军旅作家的老战友，尤其是听了他们那番话，我的创作欲又一次被唤醒，我每晚坚持写上"千字文"，采取纪实性写法断断续续地创作完成了长篇小说《特殊战线》。这篇小说生动讲述了八九十年代武警部队一些鲜为人知的战斗故事。小说一脱稿，就深受中国人民武装警察部队纯文学双月刊《橄榄绿》杂志的青睐。2020 年《橄榄绿》不仅全年分 6 期予以连载，而且人民武警出版社还帮我正式出版了，弥补了我在部队期间一直没能真正成为一名军旅作家而成了一名"坐家"的遗憾。

随后，我便一发不可收拾，利用工作闲暇之余，撰写并发表了百余篇散文、随笔，还创作完成了中篇小说《雪域之魂》；并结合自己当纪委书记这些年的一些亲身经历与感悟，以及耳闻目睹的"故事"，创作了长篇小说《啄木鸟》。《啄木鸟》这一部不能称之为作品的作品，源于生活，高于生活，虽缺少纯文学那样的艺术想象，但至少有我的真实感受，是一种对人生的反思，是一种对事业的总结……

北岳文艺出版社为帮我这个"坐家"实现夙愿，予以了热忱相助，鼎力支持。对此，表示真诚的感谢！

有度文化

北岳好书

啄木鸟


出品人 | 郭文礼　　选题策划 | 赵　瑞　　责任编辑 | 左树涛

复　审 | 陈学清　　终　　审 | 贾晋仁　　印装监制 | 郭　勇

项目运营 | 有度文化·刘文飞工作室

投稿邮箱 | liuwenfei0223@163.com　　微信公众号 | YOUDU_CULTURE

微　　博 | http://weibo.com/liuwenfei